WOLFGANG WEYRAUCH

DAS GRÜNE ZELT

DIE JAPANISCHEN FISCHER

ZWEI HÖRSPIELE

MIT EINEM
AUTOBIOGRAPHISCHEN NACHWORT

PHILIPP RECLAM JUN. STUTTGART

Universal-Bibliothek Nr. 8256
Mit Genehmigung des Walter Verlages Olten. Gesetzt in Petit Garamond-Antiqua. Printed in Germany 1971.
Herstellung: Reclam Stuttgart
ISBN 3 15 008256 0

DAS GRÜNE ZELT

SPRECHER

Kapitän Scott

Oates, Evans — *Mitglieder seiner Schlittenbesatzung*

Taylor, Debenham, Wright, Atkinson, Cherry-Garrard, Ponting — *Mitglieder der Rettungsmannschaft*

Amundsen

Geräusch von scheppernden Blechbüchsen.

Scott. Ich rufe alle. *(Ruft.)* Ich rufe alle. Wer ruft alle? Ich. Ich, Kapitän Scott, der den Südpol entdecken wollte, ihn nicht entdeckt hat und, nachdem er 1000 km zurückmarschiert ist, in diesem Zelt stirbt. Wen rufe ich? Ich rufe alle, denen ich vom Anfang an bis heute begegnet bin. Vom Anfang an? Vom Anfang der Expedition? Seit meiner Geburt? Wie alt bin ich? Ich weiß es, ich weiß es. Das ist aber auch das einzige, was ich noch weiß. Ich bin vierundvierzig Jahre alt. Aber ich habe vergessen, wann mein Geburtstag ist, und was für ein Datum wir heute haben. Wir? Ich gehöre nicht dazu. Nicht mehr. Ich bin allein. Ich habe nur noch die Konservenbüchsen, die an der Spitze des Zelts klappern. Als Ersatz für Blinklicht am Tag, als akustisches Signal in der Nacht.

(Geräusch der scheppernden Blechbüchsen.)

Als Signal für eine Rettungsmannschaft.

Taylor *(ganz dicht am Mikrophon).* Lagebericht der Rettungsmannschaft. Eingetragen am 20. 3. 1912, eine Minute nach Mitternacht. Alles wohlauf. Zuversichtlich, daß Kapitän Scott und Bowers, Evans, Oates, Dr. Wilson, seine Schlittenbesatzung, lebend geborgen werden können. Die Mitglieder der Rettungsmannschaft Atkinson, Ponting und Wright in Nachtruhe, Cherry-Garrard, Debenham und ich abwechselnd auf Nachtwache. Position: 78 Grad, Strich 08. Temperatur: minus 19 Grad. 40 km vom Winterlager an der Küste entfernt. Heute 19 km zurückgelegt. Unterschrift: Taylor.

(Scheppernde Büchsen.)

Scott. Allein mit euch, Blechbüchsen, allein mit euch. Aber ich verstehe euch nicht. Schepp-schepp. Was heißt das? Tot-tot? Pol-Pol? Scott-Scott? Oder heißt es vielleicht gar nichts? Versteht ihr mich? Wird mich der tote Oates verstehen, wenn ich ihn rufe? Kapitän Scott ruft dich, toter Oates. *(Ruft.)* Ich rufe dich, Oates. Ich habe in meiner rechten Hand eine Tasse Kakao, Oates. Ich habe in der linken Hand, Oates, eine Karte, auf der unsre Marschroute eingezeichnet ist. Ich spritze einen Tropfen Kakao auf dich, Oates, auf das Eis. Anders kann ich dich nicht grüßen. Ich würde gern meine Seehundsmütze vor dir ziehen. Aber meine Finger sind starr. Deshalb lasse ich auch den Kakao ganz einfach aus der Tasse schwappen. Auf der Karte in meiner linken Hand lese ich vom Roßmeer bis zum Südpol die Namen der Stationen, wo wir uns ausgeruht und verproviantiert haben. Lese ich sie? Ich kann nicht mehr lesen. Ich kann nicht mehr sehen. Warum nicht? Bin ich schneeblind, oder bin ich am Ende angekommen? — Bin ich tot? Ich weiß es nicht. Ich weiß überhaupt nichts mehr. Nein, eins weiß ich noch. Die Namen unsrer Haltelager. Ich kann sie auswendig: Winterquartier, Ecklager, Bluffdepot, Ein-Tonnen-Lager, Mittleres Barrierendepot, Südliches Barrierendepot, Schlachthauslager, Unteres Gletscherdepot, Mittleres Gletscherdepot, Oberes Gletscherdepot, Drei-Grade-Depot, Anderthalb-Grade-Depot, Letztes Depot. Und noch 50 km bis zum Pol — und zurück.

Oates *(unwirklich)*. Und zurück.

Scott. Richtig, Oates. Zwölfhundert Kilometer zurück bis kurz vor dem Ein-Tonnen-Lager, wo du erfroren bist, Oates. Erfroren, erfroren.

Oates *(unwirklich)*. Erfroren.

Scott. Wer spricht da? Oates? Ich habe mich geirrt. Oates hat nicht gesprochen. Oates ist erfroren. Das, was ich gehört habe, war ein Echo. Ich habe mich oft geirrt. Oft geirrt. Ich habe alles falsch gemacht, als ich die Expedition vorbereitete, während der Expedition und auf dem Rückmarsch. Verstehe mich bitte nicht falsch, Oates. Ich würde mich gern mit dir unterhalten. Aber wie könnte ich das mit jemandem tun, der nicht mehr lebt? Natürlich kann *ich* mit *ihm* reden. Wie aber redet *er* mit *mir*? Er könnte nur dann mit mir sprechen, wenn ich zusammen mit ihm durch die Zonen des Tods wandere.

Oates *(unwirklich).* Des Tods.

Scott. Herrgott, Du bist unsre Zuflucht für und für! Wie kann ich feststellen, ob ich tot bin? Ehe denn die Berge wurden und die Erde und die Welt geschaffen wurden, bist Du, Gott, von Ewigkeit zu Ewigkeit! Ich werde ganz ruhig sein und auf ein Zeichen warten. Auf ein Zeichen warten.

(Scheppern der Büchsen.)

Das waren die Blechbüchsen oben am Zelt. Das Zelt ist grün. Grün. Das Eis ist weiß. Weiß. Hier ist alles weiß. Das Eis, der Himmel, der Sturm, der sich im Schnee versteckt. Auch zu Hause war alles weiß. Das Kopfkissen, die Zimmerdecke, das Papier der Bücher und Zeitungen. Aber das Weiß zu Hause und das Weiß hier sind nicht dasselbe. Das Weiß hier hat das Weiß zu Hause ungültig gemacht, ermordet. Das Weiß in London heißt Abel, das Weiß zwischen Winterquartier und Südpol heißt Kain. Ich habe ein grünes Zelt anfertigen lassen, damit es sich vom Eis abhebt, wenn eine Expedition in Gefahr ist, und eine Rettungsmannschaft unterwegs ist, um sie zu finden.

Debenham *(ganz dicht am Mikrophon).* Lagebericht der Rettungsmannschaft. Nacht vom 20. 3. auf den 21. 3. 1912 vorüber. Atkinson, Ponting, Wright, Cherry-Garrard, Taylor und ich wohlauf. Zuversichtlich, daß Kapitän Scott und seine Schlittenbesatzung auf dem Rückweg dieselbe Marschroute genommen haben wie auf dem Weg zum Pol. Kleinere Abweichungen natürlich möglich. Position: unverändert. Temperatur: minus 23 Grad. In wenigen Minuten Aufbruch. Unterschrift: Debenham.

(Scheppernde Büchsen.)

Scott. Ich warte auf das Zeichen. Aber vielleicht bin ich auch nicht tot, sondern verrückt. Muß man nicht verrückt werden, wenn man so allein ist wie ich? Ich bin als einziger von der Expedition übriggeblieben. Falls ich nicht tot bin. „Der Du die Menschen lässest sterben und sprichst: kommt wieder, Menschenkinder!" Alle andern sind nicht mehr da. Weg, weg. Ich warte auf ein Zeichen. Ich liege in meinem Schlafsack. Ich friere nicht. Aber ich weiß nicht, warum ich nicht friere. Hält das Futter die Kälte ab? Oder fühle ich die Kälte nicht mehr? Der Schlafsack wird mein Sarg sein. Das Zelt wird mein Sarg sein. Ich werde einen Doppelsarg haben. Es ist niemand da, der mir meinen Schlafsack zusammenzurrt. Ich selbst kann es nicht mehr tun. Also werden meine toten Augen aus dem Schlafsack auf die Innenwände des Zelts sehen. Sie werden nie aufhören, das Innere des Zelts zu betrachten. Niemand wird mir die Augen zudrücken. Niemand wird mich finden, mich, einen einzigen Menschen in einer Einöde von 13 Millionen Quadratkilometer Eis. Ich werde so, wie ich jetzt liege, liegenbleiben. Ich werde nicht faulen. Kein Tier wird an mir fressen. Hier gibt es keine Tiere. Auch Dr. Wilson und Bowers liegen in ihren Schlafsäcken. Sie liegen neben mir. Sie sind tot. „Denn tausend Jahre sind vor Dir wie der Tag, der gestern vergangen ist, und wie eine Nachtwache." Ich habe ihre Schlafsäcke zusammengezurrt. Der Sturm hat sie getötet. Das Eis hat sie getötet. Das Schneegestöber hat sie getötet. Der Mangel an Brennstoff hat sie getötet. Der Mangel an Brennstoff? Zuletzt haben wir keinen Mangel mehr gehabt, sondern wir hatten nichts mehr. Nichts, nichts. Ich warte auf das Zeichen. Ich habe nur noch meine Tasse Kakao. Aber das ganze Zelt ist voll von überflüssigem Zeug. Azetylenlampen, Kerzen, Bücher, Schlittenanzüge, Filzstiefel, Fausthandschuhe, Seile, Schneeschuhe, Ferngläser, Zündhölzer. Was soll ich damit? Soll ich die Lampen und die Kerzen mit den Zündhölzern anstecken? Wozu? Soll ich die Ferngläser vor meine blinden oder toten Augen halten? Wozu? Soll ich im „Hund von Baskerville" von Conan Doyle lesen? Wozu? Soll ich meinen alten Schlittenanzug ausziehen und einen neuen anziehen? Soll ich eins von den Seilen um meinen Hals legen und es zuziehen? Die Gegenstände im Zelt sind Gegenstände des Lebens. Die toten Gegenstände sind lebendiger als ich. Ich gehöre nicht mehr dazu. Wozu gehöre ich noch? Zu nichts, zu nichts. Ich gehöre nicht einmal mehr zu meinem eigenen Leben. Ich habe mich selbständig gemacht. Ich bin nicht mehr Kapitän Scott. Ich bin nur noch Robert Falcon Scott. Nein, das bin ich auch nicht mehr. Ich bin nichts mehr. Mein Name ist Niemand. Ein andrer, der ich nicht mehr bin, war Offizier der britischen Marine. Ein andrer, der ich nicht mehr bin, leitete 1899 zum erstenmal eine Expedition in die Antarktis. Ein andrer entdeckte 1902 das King-Edward-VII.-Land. Er, nicht ich, erforschte das Innere des Victoria-Lands. Er, nicht ich, kehrte 1904 nach London zurück. Er, nicht ich, wurde von seinem König geehrt. Er verließ am 1. Juni 1910 auf der „Terra Nova" England, um den Südpol zu entdecken. Aber schon in Neuseeland mußte das Schiff ins Dock. Es leckte. Ein böses Zeichen.

Oates *(unwirklich)*. Zeichen.

Scott. Das Zeichen, das Zeichen. Die Stimme von Oates. Aber hast du auch wirklich geredet, mein lieber Oates?

Oates *(unwirklich bis zum Schluß des Dialogs)*. Ich habe geredet, Kapitän Scott. Ich kann reden, obwohl ich tot bin, und du verstehst mich, obwohl du lebst.

Scott. Wie ist das nur möglich?

Oates. Wir sind Freunde.

Scott. Freunde können viel.

Oates. Als ich einmal meine Pfeife verlor, suchtest du danach. Ich konnte nicht. Meine Füße fingen an zu erfrieren.

Scott. Auch die andern suchten danach. Und der beste Freund warst du.

Oates. Du machst einen Spaß.

Scott. Obwohl deine Zehen ganz kaputt waren, zogst du den Schlitten im Vorspann.

Oates. Dr. Wilson und ich, wir zogen ihn zusammen.

Scott. Auf dem Hinmarsch hatten wir Hunde.

Oates. Auf dem Rückmarsch waren wir die Hunde.

Scott. Ich war froh, daß ich nicht im ersten Glied ziehen mußte. Also brauchte ich nicht auf die Spuren vom Hinmarsch zu achten.

Oates. Schließlich verloren wir die Spuren und Wegmale. Wir wußten nicht mehr, wo wir waren. Wir stritten uns, wie wir weitergehen sollten.

Scott. Bowers sagte: wir sind viel zu weit östlich.

Oates. Dr. Wilson fragte: was haltet ihr davon, wenn wir abstimmen, wohin wir gehen sollen?

Scott. Wir dürfen nicht bleiben, wo wir sind, sagtest du.

Oates. Wir müssen weiter, sagtest du, sonst ist es aus mit uns.

Scott. Noch war es nicht aus mit uns. Wir marschierten.

Oates. Wir marschierten im Zickzack.

Scott. Aber wir marschierten.

Oates. Es war aus mit uns. Wir wußten es nur noch nicht.

Scott. Wir marschierten.

Oates. Und fanden mit einemmal ein Depot, das wir auf dem Hinmarsch angelegt hatten.

Scott. Es war ein Zufall.

Oates. Die Depotfahne kam uns wie der Stern vor, der über den Drei Heiligen Königen schimmerte.

Scott. Aber deine Füße waren ganz jämmerlich.

Oates. Ich hinkte nur noch.

Scott. Du hattest keine Kraft mehr.

Oates. Ich konnte nichts dafür.

Scott. Halt den Mund. Keiner von uns konnte etwas dafür. Höchstens ich.

Oates. Du am wenigsten.

Scott. Ich denke darüber nach, ob ich versagt habe oder nicht. Oates, ich mache mir Vorwürfe. Manchmal möchte ich mich beseitigen. Aber ich darf es nicht. Ich muß auf die Rettungsmannschaft warten. Ich muß Bericht erstatten. Ich muß Rechenschaft ablegen. Kommt die Rettungsmannschaft noch, Oates?

Oates. Bestimmt, Kapitän Scott.

Scott. Wann kommt sie?

(Keine Antwort.)

Wann kommt sie, Oates? – Hallo, Oates!

Wright *(ganz dicht am Mikrophon).* Lagebericht der Rettungsmannschaft. Wieder sind drei Tage vorüber. Wir schreiben den 24. 3. 1912, mittags, 12 Uhr und fünf Minuten. Da wir heute früh endlich auf Kapitän Scotts Marschroute stießen, herrscht glänzende Stimmung. Wir fanden einen Zettel, der an einer Fahnenstange angebracht war und in einem Couvert steckte. Trotzdem war der Schnee durchgesickert. Die Schrift war verdorben. Wir konnten nur erkennen, daß Kapitän Scott den Zettel beschrieben hatte. Position: 79 Grad südlicher Breite. Immerhin haben wir in einer Woche circa 140 Kilometer zurückgelegt. Temperatur: minus 16,5 Grad. Unterschrift: Wright.

(Scheppernde Büchsen.)

Scott *(ruft).* Oates! Hallo, Oates!

(Scheppern der Büchsen.)

Oates ist fort. Er wollte mich nicht belügen. Oates ist

fort, fort. Im Leben hat er immer die Wahrheit gesagt. Nur bei seinen Füßen nicht. Da hat er uns täuschen wollen, solange es ging. Aber dann konnte er nicht mehr. Er hockte auf dem Schlitten und rührte sich nicht. Er hockte und sah vor sich hin. Er hockte und schämte sich, daß er nicht mehr mitziehen konnte. Er hatte entsetzliche Schmerzen. Er fragte mich: kann ich noch einmal gesund werden? Ich antwortete: bestimmt, Oates. Wann? fragte er. Wenn wir wieder im Winterlager sind, antwortete ich, und dich richtig pflegen können. Ich hatte gelogen. Aber Oates glaubte es mir. Einen Tag und eine Nacht lang glaubte er mir. Dann merkte er selbst, daß es mit ihm zu Ende ging. Er lag in demselben grünen Zelt, in dem ich jetzt liege. Er lag genauso da, wie ich jetzt daliege. Zitternd. Zitternd. Scott, sagte er, laßt mich, wo ich bin, und ihr zieht weiter. Er zitterte. Oates, sagte ich, wir marschieren mit dir weiter oder wir bleiben mit dir hier. Er zitterte und schlief ein. Vorher sagte er noch: hoffentlich wache ich nicht wieder auf. Er wachte wieder auf. Ich gehe einmal hinaus, sagte er, vielleicht wird es draußen besser. Er ging hinaus. Wir dachten uns nichts dabei. Wir waren todmüde. Als er nicht wieder kam, verstanden wir, was er gemeint hatte, als er sagte: vielleicht wird es draußen besser. Besser für ihn, der zum Tod ging, weil der Tod immer noch nicht zu ihm kommen wollte. „Du lässest sie dahinfahren wie einen Strom." Besser für uns, denen er nicht mehr zur Last fallen wollte. „Sie sind wie ein Schlaf, gleichwie ein Gras, das doch bald welk wird." Wir liefen aus dem Zelt und suchten ihn. Wir fanden ihn nicht. Wir riefen nach ihm. Oates, riefen wir, *(ruft)* Oates, wo bist du, hörst du uns nicht? Entweder hörte er uns und antwortete absichtlich nicht, oder er hörte uns wirklich nicht. Wir riefen stundenlang. *(Ruft.)* Oates, wir können dich nicht finden, komm zu uns zurück! Wir riefen so lange, bis wir stockheiser waren und er uns nicht mehr hätte hören können, auch wenn er dazu imstande gewesen wäre. Wir brachten euch, Blechbüchsen, an der Zeltspitze an. Vielleicht sah er euch. Vielleicht hörte er euch. Vielleicht.

(Scheppern der Büchsen.)

Oates sah und hörte euch nicht. Ich grüße dich, Oates. Und ich rufe dich, Evans. Ich rufe dich und kippe einen Tropfen Kakao für dich auf das Eis. Wenn ich so weiter mache, habe ich bald nichts mehr zum Trinken für mich in der Tasse. Macht nichts, macht nichts. Was soll ich mit dem Kakao, wenn ich kein Hammelfleisch habe? Wenn es so weit mit mir ist, daß ich am liebsten eine Anzeige in die „Times" setzen würde. Mit dem Inhalt: „Ich, Robert Falcon Scott, Kapitän, krepiere elend, nachdem ich die Mitglieder meiner Schlittenbesatzung Bowers, Dr. Wilson, Oates und Evans elend krepieren ließ."

Evans *(unwirklich)*. Elend krepieren.

Scott. Ach, da bist du schon, Evans. Und so schnell. Schneller als Oates. Obwohl du einen längeren Weg als Oates gehabt hast. Denn du bist vor Oates gestorben.

Evans *(unwirklich bis zum Schluß dieses Dialogs)*. Gestorben.

Scott. Plappere mir nicht alles nach, Evans.

Evans. Ich äffe dich nach, Scott.

Scott. Warum?

Evans. Ich hasse dich.

Scott. Was habe ich dir getan?

Evans. Ich bin tot.

Scott. „Das da frühe blüht und bald welk wird."

Evans. Du hast mich getötet.

Scott. „Und des Abends abgehauen wird und verdorrt."

Evans. Ich wurde vor lauter Hunger und Durst so mager wie eine Vogelscheuche. Du bist schuld daran.

Scott. „Das macht Dein Zorn, daß wir so vergehen."
Evans. Ich verlor die Nägel an meinen Händen und Füßen. Du bist schuld daran.
Scott. „Und Dein Grimm, daß wir so plötzlich dahin müssen."
Evans. Meine Frostbeulen brachen auf, meine Wunden eiterten.
Scott. Du hast recht, Evans. Du hast mit allem recht, Evans.
Evans. Das nutzt mir nichts, Scott, und dir nutzt es auch nichts, Scott.
Scott. Verzeih mir, wenn du kannst.
Evans. Ich kann nicht. Denke an jenen Tag und jene Nacht.
Scott. Es war der furchtbarste Tag.
Evans. Und die furchtbarste Nacht, Scott. Durch deine Schuld, Scott.
Scott. Wir entschlossen uns, ostwärts zu gehen.
Evans. Du warst der Chef. Du hättest den Entschluß verhindern können. Den furchtbaren Entschluß.
Scott. Alle waren dafür.
Evans. Du hast ihn nicht verhindert. Wir marschierten in eine richtige Falle. Wir kamen in das größte Eistrümmergebiet, das wir bisher gesehen hatten.
Scott. Wir kamen in die Eiszeit.
Evans. In eine Stadt der Eiszeit.
Scott. Mit Türmen, Häusern, Plätzen, Straßen, Gassen. Aus Eis.
Evans. Und Sackgassen. Aus Eis.
Scott. So daß wir umkehren mußten.
Evans. Und Treppen. Aus Eis.
Scott. Wir maßen am Anfang 1220 Meter über dem Meer, am Ende 1770 Meter.
Evans. Wir stiegen 550 Meter.
Scott. An einem Tag.
Evans. Wir stiegen hinauf.

S c o t t. Wir stiegen hinunter.
E v a n s. An einem einzigen Tag.
S c o t t. Oft hörten wir etwas.
E v a n s. Was hörten wir?
S c o t t. Wir wußten es nicht.
E v a n s. Vielleicht war es Eisgeröll, das absplitterte und in die Tiefe hüpfte.
S c o t t. Drei Stunden lang suchten wir auf Schneeschuhen einen Ausweg.
E v a n s. Vergebens.
S c o t t. Das Eis wurde immer unwegsamer und rissiger.
E v a n s. Wir mußten die Schneeschuhe abschnallen.
S c o t t. Wir schulterten sie.
E v a n s. Sie waren so schwer wie Eisblöcke.
S c o t t. Schließlich merkten wir sie gar nicht mehr.
E v a n s. Nach sechs Stunden konnten wir uns kaum noch auf den Beinen halten.
S c o t t. Erst nach zwölf Stunden waren wir in Sicherheit.
E v a n s. Für den Augenblick.
S c o t t. Wir wußten nicht, wie wir aus den Eistrümmern herausgekommen waren.
E v a n s. Das Mittlere Gletscherdepot war noch Kilometer entfernt.
S c o t t. Wir zählten unsere Lebensmittel.
E v a n s. Du verringertest unsre Rationen.
S c o t t. Ich mußte es.
E v a n s. Wenn du wenigstens gewußt hättest, wo das Depot war!
S c o t t. Ich wußte es nicht.
E v a n s. Zum Frühstück aßen wir nur Schiffszwieback, sonst nichts. Sonst nichts.
S c o t t. Um den Rest von unserm Pemmikan für den schlimmsten Fall aufzusparen.
E v a n s. Scott, lenke nicht ab.
S c o t t. Einmal fing Dr. Wilson an, seinen Speichel zu kauen. Er hatte nichts andres.

Evans. Lenke nicht von mir ab, Scott.

Scott. Da schrie Bowers ihn an: was kaust du da?

Evans. Du sollst nicht ablenken, Scott.

Scott. Meine Spucke, sagte Dr. Wilson. Aber Bowers glaubte es ihm nicht. Du hast dir heimlich etwas von unsern Vorräten genommen, schrie er, du hast gestohlen, du hast uns etwas weggestohlen.

Evans. Kapitän Scott.

Scott. Evans? Ach, Evans, ich habe nicht vergessen, wie schlimm es um dich stand. Und ich war schuld daran.

Evans. Ich brauche dein Mitleid nicht.

Scott. Es käme auch zu spät. Es käme leider zu spät.

Evans. Warte nur, bis du drüben bei uns bist.

Scott. Wie ist es drüben?

Evans. Das sage ich dir nicht.

Scott. Sag es mir.

Evans. Nein.

Scott. Sag es.

(Scheppern der Büchsen.)

Drüben. Scheppern die Büchsen auch drüben?

(Scheppern der Büchsen.)

Drüben. Evans ist drüben. „Denn unsre Missetaten stellst Du vor Dich, unsre unerkannte Sünde ins Licht vor Deinem Angesicht.“ Eigentlich ist er schon lange dort. Seit jenem Tag und jener Nacht, als wir uns in den Eistrümmern verliefen. Er starb schon, bevor er starb. „Darum fahren alle unsre Tage dahin durch Deinen Zorn.“ Er wurde wahnsinnig. In jener Nacht ging er einmal vor das Zelt. Mit einemmal rief er: ich sehe das Depot, ich sehe das Depot. Er sah es, er allein sah es, er sah es in sich drin. Wir sahen es nicht. Es war nicht da. Wir marschierten weiter. Wir waren in Schneelaken gehüllt. Der Schnee blieb in dicken Klumpen an den Schuhen und Schlittenkufen hängen. Wir konnten kaum noch marschieren. Kaum noch marschieren. Der Schneepuder drang uns bis auf die Haut. „Wir bringen unsre Jahre zu wie ein Geschwätz.“ Der Sturm hörte nicht auf. Hörte er niemals auf? Niemals, rief Evans, niemals. Was ist mit niemals? fragte ich ihn. Immer, rief er, immer. Was ist mit immer? fragte ich. Niemals wird der Sturm aufhören, rief er, immer wird er stürmen, ich weiß es, ich weiß es, ich bin auf du und du mit ihm. Wir kamen fast darin um. Wir waren krank vor Hunger und Schwäche. Wir redeten nur noch vom Essen. Je schwächer wir wurden, desto mehr redeten wir davon. Nieren sind etwas Gutes, sagten wir, in Butter gebraten, ich habe mir nie etwas aus Linsensuppe gemacht, sagten wir, aber jetzt gäbe ich mein Leben drum, wenn ich welche hätte, nein, sagten wir, Süßes ist mir lieber, Schokolade, Milchschokolade, Gelee, Himbeergelee. Evans weigerte sich, Schiffszwieback oder Pemmikan zu essen. Ich grüße dich, Evans. Ich esse meinen Vanillepudding, sagte er. Und leckte am Eis, auf das er sich gelegt hatte. Ich grüße dich, Evans. Du warst am kränksten. Deine Füße schwollen immer mehr an. Du warst, wie wir andern, vor den Schlitten gespannt. Aber du verlorst den Halt auf den Schneeschuhen. Wir mußten dich abschirren. Du bliebst zurück. Wir taumelten weiter. Wir schlugen ein Lager auf. Das letzte Lager? „Unser Leben währet siebzig Jahre, und wenn's hoch kommt, so sind's achtzig Jahre.“ Wir schliefen ein. Als wir aufwachten, hatten wir dich vergessen, Evans. Dann aber merkten wir, daß du nicht bei uns warst. Wo warst du? Wir entdeckten dich in einer Eisrinne. Dein Anzug war aufgerissen, du hattest die Fausthandschuhe ausgezogen, deine Hände waren erfroren. Du flüstertest: „Ich habe es satt, ich mache es selbst.“ Du fielst in Ohnmacht. Wir konnten nichts mehr verhindern. In der folgenden Nacht starbst du. „Und wenn's köstlich gewesen ist, so ist es Mühe und Arbeit gewesen.“ Ich grüße dich, Evans. Ich grüße dich, Evans.

(Scheppernde Büchsen.)

Wen kann ich jetzt noch grüßen? Wen kann ich noch rufen? Wer wird zu mir kommen? Kein Lebender wird zu mir kommen. Aber die beiden Toten waren da. Oates und Evans. Dr. Wilson und Bowers sind auch tot. Sie liegen neben mir. Sie brauchen nicht zu kommen. Ich kann ihnen die Hand geben. Nein, ich kann ihnen keine Hand geben. Ich bin ein Stück Eis. Kein Lebender wird zu einem Stück Eis kommen.

Atkinson *(ganz dicht am Mikrophon).* Lagebericht der Rettungsmannschaft. Eingetragen am 26. 3. 1912, 12 Uhr mittags. Große Niedergeschlagenheit. Kapitän Scotts Spur wieder verloren. Zuletzt noch zwei Meter aufgeworfene Schlittengeleise, dann vier Meter der eingedrückten Spur des Rads, das die Schlittengeschwindigkeit registriert, dann ein paar beiseite geschobene Schneeschollen, dann nichts mehr. Werden trotzdem nicht nachlassen, unser Ziel zu erreichen. Gebe Gott, daß wir nicht zu spät kommen. Position: 78 Grad, Strich 55. Durchschnittsgeschwindigkeit in den letzten zwei Tagen: 14 Kilometer pro Tag. Temperatur: minus 29½. Unterschrift: Atkinson.

(Scheppernde Büchsen.)

Scott. Die Rettungsmannschaft wird nicht kommen. Sie ist nicht gekommen. Sie wird nicht kommen. Wird nicht kommen. Nicht kommen. Nie kommen. Nie. Jedenfalls nicht, so lange ich noch lebe. Du lieber Gott, es muß nicht sein. Ich hätte Ponting, Atkinson, Wright, Cherry-Garrard, Debenham und Taylor gern noch einmal gesprochen, ehe ich mich für immer verabschiede. „Denn es fähret schnell dahin, als flögen wir davon.“ Für immer verabschiede. Für immer. Für immer? Will ich mich retten lassen? Nur so ganz schäbig retten lassen? Wie ein Kind im Wald? Nein, Kapitän Scott will nicht gerettet werden. Kapitän Scott will aussagen. Er will die Chance haben, vor Ponting, Atkinson,

Wright, Cherry-Garrard, Debenham und Taylor auszusagen. Er will seine Unterlassungen und Übertreibungen berichten. Er will seine richtigen und seine falschen Befehle mitteilen. Er will sich stellen. Hier, meine Freunde, hier bin ich, dort seid ihr, meine Freunde, so und so war es, so und so war es nicht, bis zum letzten Tag, bis zur letzten Nacht, bis zur letzten Stunde, bis zur letzten Minute und Sekunde. Aber man läßt mich nicht aussagen. Man gibt mir keine Chance. Gut, wenn man mir die Chance versagt, hole ich sie mir. Wenn die Rettungsmannschaft nicht zu mir kommt, gehe ich zur Rettungsmannschaft.

(Scheppernde Büchsen.)

Schepp-schepp. Ich fürchte mich nicht. Ihr braucht mich nicht zu warnen. Ich weiß Bescheid. Immerhin danke ich euch für eure Freundlichkeit.

(Scheppernde Büchsen.)

Bitte. Ich weiß, daß es unmöglich ist. Aber ich weiß auch, daß alles möglich ist, wenn der Tod kommt. „Wer glaubt aber, daß Du so sehr zürnest?" Mir ist bekannt, daß das nächste Depot 20 Kilometer — nur 20 Kilometer entfernt ist. Aber ich werde es versuchen. Ich werde der Rettungsmannschaft entgegengehen. Ich werde meine Zeugen mitnehmen. Meine Zeugen? Nein, nicht meine Zeugen, sondern Zeugen, die aussagen, wie es die Wahrheit ist, und nichts als die lautere Wahrheit. Ich rufe die Zeugen. *(Ruft.)* Ich rufe die Zeugen. Ich bitte euch herzlich, mich auf meinem letzten Marsch zu begleiten. Auf meinem letzten Marsch. „Und wer fürchtet sich vor solchem Deinem Grimm?" *(Ruft.)* Ich rufe die Zeugen.

(Scheppern der Konservenbüchsen.)

Büchsen, euch meine ich nicht. Ihr müßt bei dem Zelt bleiben. Es darf nicht allein sein. Mitnehmen kann ich es nicht. Ich kann überhaupt nichts mitnehmen. Ich kann ja nichts tragen. Ich bin so elend. So elend bin ich seit meiner Schulzeit nicht mehr gewesen. Damals sagte der Geographielehrer: die Erde ist bekannt. Die ganze Erde? fragte ich. Bis auf ein paar weiße Flecken in Innerafrika und den Südpol, antwortete er. Ich will den Südpol entdecken, sagte ich. Du? fragte der Lehrer, ich fürchte, du hast nicht genug Mut dazu.

(Scheppern der Konservenbüchsen.)

Seid jetzt still. Stört mich nicht. Ich werde sogar die Karte mit der Marschroute hier lassen. Ich kenne den Weg. Alles ist möglich, wenn der Tod kommt. „Lehre uns bedenken, daß wir sterben müssen, auf daß wir klug werden." Ich werde auch meine Tasse dalassen. Sie hat gleich ausgedient. So, jetzt kommt das Schwierigste. Das Aufstehen. Der Marsch wird gar nichts dagegen sein. Zuerst die Karte aus der linken Hand. In Ordnung. Dann die Tasse aus der rechten Hand in die linke Hand. Ohne etwas zu verschütten. Gut. Ich brauche die rechte Hand, wenn die Zeugen gekommen sind und ich ihnen zuwinke. Aufstehen. Es geht nicht. Es muß gehen. Aufstehen. Kapitän Scott, steh auf. Bist du ein Säugling? Nein. Bist du ein Greis? Nein. Aufgestanden! Einen Blick auf die Schlafsäcke, in denen Dr. Wilson und Bowers liegen. Sie liegen gut. Falls man im Tod gut liegen kann. Falls man im Tod überhaupt liegt. Ob man schwebt? „Herr, kehre Dich doch wieder zu uns und sei Deinen Knechten gnädig." Einen Tropfen Kakao auf das Eis. Für Roald Amundsen, norwegischen Polarforscher, der einen Monat und zwei Tage früher als Kapitän Robert Falcon Scott, englischer Polarforscher, den Südpol erreichte.

(Alle folgenden Geräusche, Melodien, Töne und Stimmen sind unwirklich.)

Scott. Ich rufe dich, Südpol! *(Ruft.)* Ich rufe dich, Südpol!

Südpol *(Sinuston).*

Scott. Ich danke dir. Ich wußte, daß du eine Eins bist

und daß ich eine Null war. Aber ich wollte, daß ich eine Eins wäre und daß du eine Null wärest. Meine Rechnung ging nicht auf. Ich wurde minus eins. Du aber bliebst eins. Du warst es, du bist es, du wirst es sein.

Südpol *(Sinuston).*

Scott. Ich rufe dich, Eis. *(Ruft.)* Ich rufe dich, Eis!

Eis *(anderer Sinuston).*

Scott. Du bist da, Eis. Du warst die Hölle. Die Hölle? Das Gegenteil der Hölle. Aber nicht der Himmel, sondern die Kälte. Allerdings, was hätten wir außer dir erwarten können? Aber was für eine Kälte warst du! Du warst außerordentlich. Du warst die Kälte der Kälten. Als ich ein Junge war, war ich glücklich, wenn der Winter kam. Dann wurden die Ohren weiß und die Nase klebte zusammen. Wenn man den Atem aus dem Mund ließ, sah er wie ein Nebel aus. Als Junge kannte ich dich nur beim Schlittschuhlaufen und an den Fenstern. Du warst eine Blume. Was warst du jetzt? Du warst ein Garten. Ein Garten, dessen Blumen verharscht und erstarrt waren. Deine neuen Blumen haben uns starr gemacht. Steif wie Schneemänner, die nie wieder schmelzen werden. Eis, du hast uns zu Eis gemacht. Du hast uns gefangengenommen. Als wir auf dem Schiff fuhren, kamst du in der Form von Eisbergen zu uns, dann als Packeis, dann als ein Tausend von Eisschollen, dann als Preßeis, dann als ein Tausend von Gletscherzungen. Du hast uns in deine Höhle geschleppt. Du hast dich zu uns gelegt. Du hast uns umarmt. Wir erwiderten deine Umarmung nicht. Das Widerwärtigste, was du uns angetan hast, war die Angst. Angst? Ja, wir, die wir uns noch nie gefürchtet hatten, hatten Angst. Angst. Die Angst war das Widerwärtigste und das Gefährlichste. Die Angst besonders auf dem Rückweg vom Pol. Die Angst, unser Schiff, mit dem wir gekommen waren, nicht wiederzusehen. Die Angst, die du uns gemacht hast, hat die Langsamkeit unsres Rückmarschs noch langsamer gemacht. Vor lauter Angst sahen wir schlechter und fanden unsre alten Spuren nicht. Wir mußten abschirren und die Fährten suchen. Dadurch verloren wir Zeit. Viel Zeit. Mehr, als wir sonst verloren hätten. Dadurch wurde unser Proviant knapp. Besonders das Öl. Wenn wir kein Öl mehr hatten, konnten wir uns nichts kochen. Wer mitten im Eis auf warme Mahlzeiten verzichten muß, stirbt. „Fülle uns frühe mit Deiner Gnade." Wer mitten im Eis warme Getränke entbehren muß, stirbt. „So wollen wir rühmen und fröhlich sein unser Leben lang." Wir starben. „Erfreue uns nun wieder, nachdem Du uns so lange plagst." Wir starben durch dich, Eis. „Nachdem wir so lange Unglück leiden." Aber wir wollten nicht durch dich sterben, Eis. Deshalb händigte ich jedem von uns 30 Opiumtabletten aus. Der Tod, Eis, sollte unser Tod sein, nicht der deine. Aber der Tod war doch dein Tod, Eis, nicht der unsre. „Zeige Deinen Knechten Deine Werke und Deine Ehre ihren Kindern." Wir kamen nicht mehr dazu, die Tabletten zu schlucken. Noch einmal gossen wir etwas Öl in unsern Primuskocher. Halbvoll gossen wir ihn. Mehr Öl hatten wir nicht. Am Ende hatten wir nur noch für eine Stunde Öl. Für eine Stunde. Dann hatten wir nichts mehr. Nichts mehr.

Eis *(mit seinem Sinuston).*

Scott. Ich rufe dich, Sturm. *(Ruft.)* Ich rufe dich, Sturm.

(Sturmgeräusch.)

Ich danke dir, Sturm, daß du gekommen bist. Du gabst uns den Rest. Einmal entkamen wir dir, Sturm. Ein einziges Mal. Wir verlegten unser Lager zwischen Felsenklippen, die fast senkrecht emporstiegen. Du tobtest über unsern Köpfen. Es ließ uns kalt. Wir hörten dich nur. Wir vergaßen dich fast. Aber sonst waren wir immer in deiner Hand. Du versuchtest, uns daran zu hindern, daß wir unsre Kochgeschirre an den Mund setzten. Du wirbeltest so wild den Schnee durcheinander, daß wir auf den Schlitten unsre Leithunde vor den Schlitten nicht sehen konnten. Du zerstörtest unsern Ponywall. Du begrubst unsre Schlitten unter ungeheuren Schneewehen. Du verwischtest unsre Spuren auf dem Hinweg, so daß wir uns auf dem Rückweg verirrten. Du zerfetztest unser letztes Segel, so daß wir uns selbst vor den Schlitten spannen mußten. Du zwangst uns, mit dem Marschieren aufzuhören. Wir mußten uns so lange in unsern Schlafsäcken verkriechen, bis es dir paßte, aus einer andern Richtung zu wehen. Zum Schluß, als Evans und Oates schon tot waren, aber Dr. Wilson und Bowers noch lebten, wollten wir jeden Tag zum nächsten Depot aufbrechen. Jeden Tag. Jede Stunde. Aber wir konnten nicht. Wir konnten nicht. Dr. Wilson starb. Er flüsterte: Ich hasse dich, Sturm. Bowers starb. Er flüsterte: Sturm, ich hasse dich. Ich begriff gar nicht, daß ich allein war, daß ich niemanden mehr atmen hörte, husten, niesen, oder was weiß ich. Ich sah nur die beiden letzten Toten an. „Und der Herr, unser Gott, sei uns freundlich." Du hattest sie getötet, Sturm. Mit deiner Stärke. Windstärke, sagen wir Menschen dazu. Endlich sagen wir einmal etwas Richtiges. Du wehtest mit einer Stärke von 15 Metern in der Sekunde, Sturm. Ich schrie dich an: ich hasse dich, ich hasse dich. Aber jetzt hasse ich dich nicht mehr. Ich liebe dich auch nicht. Ich weiß, daß du nur das gemacht hast, was du vom Anfang der Erde an tatest und was du bis zum Ende der Erde tun wirst. Bald bist du unser Widersacher, bald bist du unser Freund. Wir müssen dich annehmen, wie du bist. Wir müssen uns dir unterwerfen.

(Sturmgeräusch.)

Ich rufe dich, Nebel. *(Ruft.)* Ich rufe dich, Nebel!

Nebel *(dritter Sinuston).*

S c o t t. Ja, auch du warst nichts Gutes, Nebel. Aber wann hätten wir wohl einmal etwas Gutes getroffen? Ziemlich früh, ungefähr ein Jahr vor unserm Ende, erschienst du in deiner grauenhaftesten Gestalt. Du kamst nicht weiß, nicht grau, nicht gelb, Nebel. Du kamst schwarz. Schwarz wie die riesige Schabracke eines riesigen Leichenpferds. Schwarz, rabenschwarz, wie man so sagt. Aber man beleidigt die Raben, wenn man gleichzeitig von ihnen und von dir spricht, schwarzer Nebel. Du kamst und gingst nicht wieder. Uns schien, du flattertest ewig um uns herum. Wir trauten uns nicht aus unserm Zelt in den Kraterhügeln heraus. Wir hatten es auf dem Grund eines toten Kraters aufgeschlagen. Wie der Mensch so ist, versuchten wir, das Große durch das Kleine zu überwinden. Wir spielten Domino. Aber die Überwindung des Großen durch das Kleine kann nur dann gelingen, wenn sich im Kleinen oder sogar im Winzigen das Ewige befindet. Der Grashalm kann den Hagel besiegen, der Falter das Unglück, die Haut des Säuglings das Entsetzen. Aber im Domino ist nichts Ewiges. Du legst eine Fünf an eine Fünf, eine doppelte Eins an eine einfache Eins. Das ist alles. Es ist nichts. Du schlichst dich, schwarzer Nebel, in unsre Linien und Rechtecke. Du verhülltest sie. Sie waren verschwunden. Wir waren mit dir allein, schwarzer Nebel. Trotzdem danke ich dir, daß du gekommen bist. Du bist ein guter Zeuge auf unserm Marsch zur Rettungsmannschaft.

N e b e l *(mit seinem ihm eigentümlichen Sinuston).*

C h e r r y - G a r r a r d *(ganz dicht am Mikrophon).* Lagebericht der Rettungsmannschaft. Eingetragen am 27. 3. 1912, zehn Uhr abends. Sorge überwunden. Endlich wieder auf der Spur von Kapitän Scott. Große Freude. Wir stiegen mit den Steigeisen das obere Bekken eines Gletschers hoch. Wir dachten an nichts — und sahen eine rote Depotfahne. Eintragung früher als gewöhnlich, da vor ein paar Augenblicken besonders intensiv an Kapitän Scott gedacht. So, als unterhielten wir uns mit ihm. Ganz gut. Temperatur: minus 21 Grad. Unterschrift: Cherry-Garrard.

(Scheppern der Büchsen.)

Scott. Ich rufe alle. *(Ruft.)* Ich rufe alle. Ich rufe die Ponys, die ich erschießen mußte. Eure Nüstern, Augen und Ohren waren vom Schnee verklebt. Ihr wart vom Kopf bis zum Schwanz mit Eis überzogen. Ihr hattet den Husten. Ach, wie ihr hustetet! Chinese, Donnerkeil, Cristoffer, Michael, ihr hustetet wie alte Männer, die Asthma haben. Ihr ersticktet fast daran. Ihr wart so krank, daß ihr nicht mehr vom Fleck kamt. Wir fütterten euch mit heißem Haferbrei und wickelten euch warm ein. Es nutzte nichts mehr. Wenn wir euch nicht erschossen hätten, wärt ihr verhungert. Wir nannten das Lager, wo wir euch töteten, das Schlachthauslager.

(Hund winselt.)

Wie lieb von dir, daß du dich gemeldet hast, Jehu, obwohl ich dich und alle andern Hunde zurückschicken mußte. Es ging nicht anders. Ihr wurdet mit den Schneebrücken und Eisspalten nicht mehr fertig. Wir glaubten, über sibirische Hunde ginge nichts. Ich mache euch keinen Vorwurf. Wie käme ich dazu? Ausgerechnet ich? Habe ich es ausgehalten?

(Grammophon: Einige Takte aus einer zeitgenössischen Unterhaltungsmelodie.)

Was ist das?

(Grammophon quiekt weiter.)

Was ist das? *(Summt Melodie mit.)* Oh, du bist es, Grammophon! Ich habe dich lange nicht mehr gehört. Du hast uns glücklich gemacht, damals, im Winterquartier an der großen Eisbarriere.

(Im folgenden bleibt das Grammophon unterlegt.)

Wir hörten dir zu und unterhielten uns darüber, was wir treiben würden, wenn wir wieder zu Hause wären.

Ich werde eine Abhandlung über antarktische Vögel schreiben, sagte Dr. Wilson, über Eissturmvögel, Albatrosse, Sturmschwalben und Skuamöwen. „Und fördere das Werk Deiner Hände bei uns." Bowers sagte: Ich will mich mit Meteorologie beschäftigen, mit Südlichen Kronen, Mond- und Sonnenhöfen, Regenbögen und Südlichtern, mit ihren Lichtbändern, Spiralen und Richtungen. Er kann jetzt und für alle Zukunft sämtliche Südlichter betrachten, die den Himmel grün und purpurn machen. „Ja, das Werk unsrer Hände wolle er fördern." Ich werde mich mit Parasiten befassen, sagte Oates, ich werde das Leben der Urtierchen unter dem Mikroskop studieren, ich werde sie meinen Kindern zeigen und ihnen sagen, daß etwas da sein muß, das keinen Anfang und kein Ende hat, und die Urtierchen sind ein Beweis dafür. „Lobe den Herrn, meine Seele, und, was in mir ist, seinen heiligen Namen." Evans sagte: Ich will malen — was, ja was, vielleicht Blumen, Sonnenblumen, Blumen im Sommer. „Lobe den Herrn, meine Seele, und vergiß nicht, was er dir Gutes getan hat."

(In die letzten Takte des Grammophons Schiffssirene.)

Ja, melde dich, Terra Nova. Du hast uns von London bis zum Roßmeer gefahren. Ich grüße dich, Terra Nova, und durch dich grüße ich London, und durch London grüße ich die Themse.

(Stadtgeräusche.)

Als Junge habe ich immer in sie hineingespuckt. Als junger Mann bin ich auf der Themse gerudert. Mit meinem Mädchen, das später meine Frau geworden ist. Meine Frau! Ich rufe dich, Frau. Ich rufe dich, Viktoria. Ich rufe dich . . .

Ponting *(ganz dicht am Mikrophon).* Lagebericht der Rettungsmannschaft. 28. 3. 1912, Mitternacht. Wenn wir jetzt Kapitän Scott nicht bald finden, wissen wir nicht, ob wir ihn jemals finden werden. Aber wo sollen wir ihn suchen? Unsere jetzige Position: 80 Grad, Strich 3, 350 Kilometer vom Winterlager, 1150 Kilometer vom Südpol entfernt. Wenn wir alle Umstände einkalkulieren, könnte Kapitän Scott bis in dieses Gebiet gekommen sein. Machen letzten Versuch. Teilen Umkreis von 50 Kilometern in zwölf Sektoren, die wir nacheinander systematisch absuchen werden. Mißglückt dies, kehren wir um. Zeitangabe nur ungenau, da Uhren stehengeblieben. Minus 51 Grad. Unterschrift: Ponting.

(Scheppernde Büchsen.)

Scott. Der Marsch beginnt, der Marsch zur Rettungsmanschaft beginnt.

(Scheppern der Büchsen.)

Ich kritzele meine letzten Sätze in das Eis. K-a-p-i-t-ä-n S-c-o-t-t s-i-e-b-z-e-h-n-t-e-n J-a-n-u-a-r n-e-u-n-z-e-h-n-h-u-n-d-e-r-t-z-w-ö-l-f a-m S-ü-d-p-o-l. Ich rufe dich, Amundsen. Den Rest aus meiner Tasse für Amundsen auf das Eis. *(Ruft.)* Ich rufe Amundsen!

(Scheppern der Büchsen.)

Amundsen. Endlich, Scott. Ich kann mir denken, daß es dir nicht leicht gefallen ist, mich zu rufen.

Scott. Ich weiß nicht, Amundsen, was am schrecklichsten gewesen ist, das Alleinsein, nachdem auch Bowers und Dr. Wilson gestorben waren — — oder der Tod durch Erfrieren bei Oates — oder der Tod durch Wahnsinn bei Evans — — oder der 22. Februar 1911, abends zehn Uhr, im Sicherheitslager, fast ein Jahr, bevor wir zum Südpol kamen.

Amundsen. Was war da?

Scott. Da gab mir Atkinson einen Brief, in dem stand, daß der Norweger Amundsen in der Walfischbucht im Winterquartier läge. Damit warst du dem Südpol 110 Kilometer näher als ich.

Amundsen. Ich war früher aufgebrochen als du, Scott.

Scott. Warum war ich nicht früher aufgebrochen als du, Amundsen?

Amundsen. Du oder ich, einer von uns beiden mußte mehr Glück haben als der andre.

Scott. Du hattest es. Ich wußte es vom 22. Februar 1911 bis zum 15. Januar 1912, 327 Tage und Nächte lang, während wir zum Pol marschierten, als Bowers etwas entdeckte, das er zuerst für ein Wegzeichen hielt. Ein Wegzeichen, von wem? Von uns nicht, von uns nicht. Von wem? Von Amundsen? Was unsere Hoffnung für unmöglich hielt, davon waren unsere Gedanken überzeugt. Wir fuhren weiter, so schnell wir konnten. Eine halbe Stunde verstrich. Dann sah Bowers, daß das Wegzeichen kein Wegzeichen, sondern eine schwarze Fahne war.

Amundsen. Wir hatten sie an einem Schlittenständer befestigt.

Scott. In der Nähe war ein verlassener Lagerplatz. Wir sahen die Eindrücke von Hundepfoten.

Amundsen. Meine Hunde, Scott.

(Scheppern der Büchsen.)

Scott. Ich krieche um das Zelt herum. Der Marsch zur Rettungsmannschaft wird fortgesetzt. Ich schreibe ins Eis: S-ü-d-p-o-l z-w-e-i-t-a-u-s-e-n-d-n-e-u-n-h-u-n-d-e-r-t M-e-t-e-r h-o-c-h.

Taylor *(ganz dicht am Mikrophon)*. Lagebericht der Rettungsmannschaft. 29. 3. 1912. Erster Sektor nach Kapitän Scott abgesucht. Vergeblich. Taylor.

(Scheppernde Büchsen.)

Scott. Hat mich auch keiner verlassen? Melde dich, Amundsen.

Amundsen. Zur Stelle, Scott.

Scott. Mich wundert, Amundsen, daß du dich nicht davongemacht hast.

Amundsen. Du beleidigst mich, Scott. Aber ich verstehe dich. Wahrscheinlich würde ich an deiner Stelle genauso reden.

Scott. Verzeih mir, Amundsen. Ich benehme mich schlecht. Ich kann nicht verlieren.

Amundsen. Wer als zweiter den Südpol erreicht, hat kein Kartenspiel verloren.

Scott. Du bist sehr freundlich.

Amundsen. Wenn man im Jahr 2000 vom Südpol spricht, wird man nicht von Amundsen sprechen, sondern von Scott und Amundsen.

Scott. Ich überlege mir, warum ich der erste Mensch sein wollte, der den Südpol betritt.

Amundsen. Ja, darüber sollte man nachdenken.

Atkinson *(ganz dicht am Mikrophon).* Lagebericht der Rettungsmannschaft. Zweiter Sektor nach Kapitän Scott abgesucht. Abermals vergebens. Atkinson.

(Scheppern der Büchsen.)

Scott. Amundsen?

Amundsen. Scott.

Scott. Ich überlege mir, warum ich mich jetzt so gräme, daß ich den Pol als zweiter betreten habe.

Amundsen. Vielleicht sind wir nichts andres als Kinder, die versuchen, ein Spiel zu gewinnen.

Scott. Oder wollen wir mehr sein als die andern? Können wir es nicht ertragen, in Reih und Glied zu marschieren? Eine Null zu bleiben, statt eine Eins zu werden?

Amundsen. Ehrgeiz?

Scott. Wahn.

Amundsen. Oder haben wir in unsern Schulbüchern zu viel von Helden gelesen?

Scott. Was ist ein Held?

Amundsen. Einer, der denen hilft, die keine Helden sind?

Scott. Einer, der stirbt, damit andre leben können?

Amundsen. Einer, der lebt, damit andre leben können?

(Scheppern der Büchsen.)

Scott. Der Marsch wird fortgesetzt.

(Scheppern der Büchsen.)

Ich schreibe ins Eis. D-e-r T-o-d k-a-n-n n-i-c-h-t m-e-h-r w-e-i-t w-e-g s-e-i-n.

Debenham *(ganz dicht am Mikrophon).* Lagebericht der Rettungsmannschaft. 30. 3. 1912. Dritter Sektor nach Kapitän Scott abgesucht. Wieder nichts. Debenham.

(Scheppernde Büchsen.)

Scott. Der Marsch zur Rettungsmannschaft wird fortgesetzt. Marsch fortsetzen. Ich bin erstarrt. Kriechen. Nicht mehr kriechen. Erstarrt. Ins Eis schreiben. G-o-t-t s-t-e-h m-i-r b-e-i.

Cherry-Garrard *(ganz dicht am Mikrophon).* Lagebericht der Rettungsmannschaft. Vierter Sektor nach Kapitän Scott abgesucht. Nichts. Cherry-Garrard. 25. 4. 1912.

(Scheppernde Büchsen.)

Scott. Erstarrt. Marsch fortsetzen, Kapitän. Armer Kapitän. Marsch beendet. Kriechen beendet. Schreiben beendet? Finger blutig. Trotzdem schreiben. G-r-ü-ß-t m-e-i-n-e F-r-a-u. Falsch. G-r-ü-ß-t m-e-i-n-e W-i-t-w-e.

Ponting *(ganz dicht am Mikrophon).* Lagebericht der Rettungsmannschaft. Fünfter Sektor nach Kapitän Scott abgesucht. Nichts, wieder nichts. Ponting.

(Scheppernde Büchsen.)

Scott. Hinlegen. Liegen. Liegenbleiben. Nichts mehr machen. Gar nichts. Warten. Warten. Lebt wohl, alle. Leb wohl, Eis. Leb wohl, Sturm. Nebel. Pony. Hund. Leb wohl, Grammophon. Leb wohl, Schiff. London.

Taylor *(ganz dicht am Mikrophon).* Lagebericht der Rettungsmannschaft. Sechster Sektor nach Kapitän Scott abgesucht. Aussichtslos. 1. 5. 1912. Taylor.

(Scheppern der Büchsen.)

Scott. Schepp-schepp. Leb wohl, Südpol. Amundsen. Amundsen? $2^3/_4$ Kilometer vom Südpol entfernt stand ein Zelt. In dem Zelt lag ein Zettel: Amundsen bittet Scott, diesen Brief an König Haakon von Norwegen zu befördern. Ich habe ihn befördert. Wohin? In meine Brieftasche. Da liegt er, der tote Brief in der toten Brieftasche. Wer wird ihn finden? Wer wird uns finden? Mich, Wilson, Bowers. Wird uns jemand finden? Wilson, ich lege meinen Arm um dich. Wilson, ich wollte der Rettungsmannschaft entgegenmarschieren. Ich habe es nicht getan. Ich wollte um unser Zelt herumkriechen. Ich habe es nicht getan. Ich liege im Zelt. Ich habe meinen Arm um dich gelegt, Wilson. Ach ja, Bowers. Du bist auch da. Ich lege — —

Atkinson *(ganz dicht am Mikrophon).* Lagebericht der Rettungsmannschaft. Heute, am 12. November 1912, im achten Monat unsrer Suchaktion nach Kapitän Scott und seiner Schlittenbesatzung, bei Grad 79, Strich 50 um 11 Uhr 51 Minuten sahen wir in circa 120 Meter Entfernung — —

(Folgt einzige reale Szene.)

Wright. Ein Zelt, ein Zelt!

Debenham. Das Zelt ist grün.

Wright. Wir haben es gefunden.

Cherry-Garrard. Drei Schlafsäcke.

Ponting. Drei Männer.

Wright. Scott hat den Arm um Wilson gelegt.

Taylor. Um Bowers nicht.

Atkinson. Er konnte nicht mehr.

Debenham. Scott.

Cherry-Garrard. Kapitän Scott.

Wright. Wir grüßen dich.

Ponting. Ich grüße dich.

Taylor. Ich grüße dich.

Atkinson, Debenham, Cherry-Garrard. Ich grüße dich.

Wright. „Der deinen Mund fröhlich macht, und du wieder jung wirst wie ein Adler.“

DIE JAPANISCHEN FISCHER

SPRECHER

Susushi
Fischer
Fischerfrauen
Fischerkinder
Susushis Frau
Käufer
Beamter

Sprecher im 1. Raum: so dicht wie möglich am Mikrophon.
Sprecher im 2. Raum: normales Mikrophon.
Sprecher im 3. Raum: weit entferntes Mikrophon.

Was erfahren wir über Bombe

Susushi *(im 1. Raum).* Hören Sie das? Sie hören es nicht. Sie können es nicht hören. Ich grabe mein Grab. Aber ich habe keine Schaufel, mit der ich es ausheben könnte. Ich grabe es mit den Händen.

(Flüstern vieler Stimmen.)

Ja, das haben Sie gehört. Sie haben die Stimmen der Einwohner meines Dorfs gehört. Die Männer, Frauen und Kinder haben geflüstert. Was haben sie geflüstert?

(Flüstern vieler Stimmen.)

Stimmen von Fischern, Fischerfrauen, Fischerkindern *(i. 2. R.).* Komm, Nachbar.
Mach mit.
Ich komme.
Ich auch.
Ich verspreche es.
Ich schwöre es.
Keiner darf fehlen.
Morgen nacht.
Dann ist Neumond.
Das Wetter ist schlecht.
Niemand sieht uns.
Niemand darf wissen, daß wir unser Dorf verlassen.
Wir müssen schweigen.
Wie das Grab.
Wir dürfen es nicht bereuen.
Wir müssen mutig sein.
Wir sterben sowieso.
Fast sind wir schon tot.
Wir sind tot, obwohl wir leben.
Besser ist es, schnell als langsam zu sterben.
Wenn wir am Leben bleiben, sterben die andern.
Wir stecken sie an.
Wenn wir sterben, bleiben die andern am Leben.

(Flüstern vieler Stimmen.)

Susushi *(i. 1. R.)*. Nachdem wir ausgemacht hatten, alles, was wir liebten, im Stich zu lassen, verabschiedeten wir uns in der nächsten Nacht von unserm Dorf.

(Flüstern vieler Stimmen.)

Stimmen von Fischern, Fischerfrauen, Fischerkindern *(i. 2. R.)*.
Leb wohl, mein Boot.
Leb wohl, mein Netz.
Leb wohl, mein Hirsefeld.
Leb wohl, Grashüpfer.
Leb wohl, Libelle.
Auf Wiedersehn, mein Baum.
Auf Wiedersehn, mein Feld.
Auf Wiedersehn, Kürbisse.
Auf Wiedersehn, Rinder.
Unsre Kapelle.
Mein Bett.
Meine Lampe.
Herd.
Topf.
Leb wohl, mein Sonntagskleid.
Auf Wiedersehn, meine Puppe.
Meine Hütte.
Tür.

(Flüstern vieler Stimmen.)

Susushi *(i. 1. R.)*. Dann fingen wir zu wandern an.

(Viele leise Schritte.)

Ich war dabei. Am Anfang war ich dabei. Ich war einer von ihnen. Wir waren hundert Seelen. Japanische Fischerdörfer sind nicht größer. Aber am Schluß war ich nicht mehr dabei. Sie haben mich nicht ausgestoßen. Ich, ich habe sie verlassen.

(Viele leise Schritte.)

Stimmen von Fischern *(i. 2. R.)*.
Wir gehen einer hinter dem andern.

Vorn geht der Älteste.
Hinten geht Susushi.

(Viele leise Schritte.)

Susushi *(i. 1. R.)*. Das war ich. Ich ging hinten, weil ich in der letzten Hütte gewohnt hatte und weil sie mich für besonders zuverlässig hielten. Daß ich nicht lache. Ich und zuverlässig. Ich, der ich geflohen bin. Ich, der ich als einziger am Leben geblieben bin. Alle andern sind tot. Alle andern haben sich selbst umgebracht.

(Viele leise Schritte.)

Nein, Sie irren sich nicht, mein Herr. Sie hören die Schritte von Leuten, die tot sind. Aber sie sind erst seit einer Stunde tot. Ich höre sie gehen, als ob sie um das Grab herumgingen, das ich aus der Erde kratze.

(Viele leise Schritte.)

Mein Grab ist bald fertig. Bald kann ich mich hineinlegen. Dann werfe ich die Erde über mich und bin verschwunden. Dann kann ich niemanden mehr anstecken. Auch Sie nicht, mit dem ich mich unterhalte. Jetzt kann ich Sie noch anstecken. Nehmen Sie sich in acht vor mir. Ich bin verseucht. Das Atom ist in mich hineingesprungen. Ach, Sie glauben nicht, daß ich Sie anstecken kann? Woher wissen Sie, daß ich es nicht kann? Waren Sie dabei? Ach so, Sie haben die Zeitungen gelesen! Wir halten nicht viel davon. Verzeihen Sie, bitte, ich bin ein dummer, ungebildeter Fischer. Das heißt, ich war es.

(Flüstern vieler Stimmen.)

Das Atom war in viele hineingesprungen, die Sie hier flüstern hören. Passen Sie auf, daß es nicht auch in Sie hineinspringt. Ich weiß gar nicht, wer Sie sind, mit dem ich rede. Ich weiß nicht einmal, ob ich überhaupt mit jemandem rede. Aber auch wenn mir nur einer zuhört, genügt es schon. Er wird das weitererzählen, was uns passiert ist. Den andern, nicht mir. Den andern Fischern und Fischerfrauen und Fischerkindern. Nicht mir. Ich bin erbärmlich. Ich habe sie verraten. Ich bin der erbärmlichste von allen Menschen. Ich wollte mich retten. Aber es ist mir nicht gelungen. Ich kann kaum noch meine Hände bewegen. Ich kann fast nicht mehr sprechen. Hoffentlich kann ich ... Hoffentlich kann ich noch alles erzählen, was wir erlebt haben.

(Viele leise Schritte.)

Stimmen von Fischern *(i. 2. R.)*. Wir fuhren mit unsern Booten aufs Meer.
Wir wollten den Thunfisch fangen.
Wie jedes Jahr.
Unsre Frauen brachten uns zum Hafen.
Wie immer.

(Viele leise Schritte.)

Susushi *(i. 1. R.)*. Meine Frau begleitete mich auch.

(Viele leise Schritte.)

Susushis Frau *(i. 3. R.)*. Lieber Mann, versprichst du mir, daß du genauso wiederkommst, wie du wegfährst?

Susushi. Ja.

Susushis Frau. Ist euer Boot auch überholt?

Susushi. Ja.

Susushis Frau. Werdet ihr auch nicht zu viele Fische fangen, so daß euer Boot kentert?

Susushi. Nein.

Susushis Frau. Wirst du beten, wenn der Sturm kommt?

Susushi. Ja.

Susushis Frau. Wirst du mit dem Fischen aufhören, wenn es neblig ist?

Susushi. Ja.

Susushis Frau. Wirst du aufpassen, daß dich nicht die Haie fressen, wenn sich eure Netze verheddern und du tauchen mußt, um sie wieder in Ordnung zu bringen?

Susushi. Ja.

Susushis Frau. Wirst du auch nicht einschlafen,

während die andern sich ausruhen und du wachen mußt?

Susushi. Nein.

Susushis Frau. Wirst du dafür sorgen, daß eure Lebensmittel und euer Trinkwasser so lange ausreichen, bis ihr wieder zu Hause seid?

Susushi. Ja.

Susushis Frau. Schwörst du mir, daß du wieder zurückkommst?

Susushi. Ja.

Susushis Frau. Sag: Ich schwöre es dir.

Susushi. Ich schwöre es dir.

Susushis Frau. Und ich schwöre dir, daß ich dich in drei Monaten genauso liebhaben werde wie heute.

Susushi. Danke.

Susushis Frau. Du brauchst dich nicht zu bedanken. Ich schäme mich, wenn du dich für etwas bedankst, was ich dir versprochen habe, als wir uns kennenlernten.

Susushi. Ich danke dir für alles, liebe Frau.

Susushis Frau. Ich danke dir auch. Ich danke dir für den Dattelpflaumenbaum, den du gepflanzt hast, und ich danke dir dafür, daß du mich immer geküßt hast, wenn du aufs Meer fuhrst und wenn du wiederkamst.

Susushi. Mach's gut, liebe Frau.

Susushis Frau. Mach's gut, lieber Mann.

(Viele leise Schritte.)

Stimmen von Fischern *(i. 2. R.)*. Wir fingen den Thunfisch.

Wir fingen ihn in denselben Fischgründen wie immer.

In der Nähe lag die Insel, wo sie immer ihre Versuche machen.

Mit dem Atom.

Dem grünen Drachen.

Aber das machte uns nichts aus.

In den Zeitungen stand, daß sie uns schonen wollten.
Uns kleine Fischer.
Wer tut schon Fischern etwas.
Niemand.
Wir dachten überhaupt nicht an die Leute mit ihren Versuchen.
Wir dachten nur an unsre Beute.
Wir sind arme Fischer.

(Viele leise Schritte.)

Susushi *(i. 1. R.)*. Ich, der ich hier versuche, mein Grab zu graben – aber meine Fingerspitzen platzen, meine Nägel brechen ab –, ich stand Wache, als das Atom kam.

(Viele leise Schritte.)

Stimmen von Fischern *(i. 2. R.)*. Susushi stand Wache, als der grüne Drache über uns herfiel.
Ich schlief.
Ich auch.
Es war Nacht.
Susushi würde uns schon wecken, wenn seine Zeit um war.
Er war müde.
Er hatte viel gearbeitet.
Wir alle waren sehr fleißig gewesen.

(Viele leise Schritte.)

Susushi *(i. 3. R.)*. Wacht auf.
Fischer. Was ist, Susushi?
Susushi. Wacht auf, wacht auf.
Fischer. Warum schreist du so?
Susushi. Wacht auf, wacht auf, wacht auf.
Fischer. Da soll man schlafen können.
Susushi. Es hat geblitzt.
Fischer. Es kann nicht geblitzt haben.
Fischer. Der Himmel ist voll von Sternen.
Susushi. Es hat geblitzt, wie ich es noch nie habe blitzen sehen.

F i s c h e r. Vielleicht war es ein Komet.
F i s c h e r. Oder ein Scheinwerfer von einem Riesenflugzeug.
F i s c h e r. Oder du bist eingeschlafen und hast geträumt.
S u s u s h i. Ich habe nicht geschlafen. Ich habe nicht geträumt. Aber obwohl ich wach war, habe ich gedacht, ich träume.
F i s c h e r. Du hast geträumt.
S u s u s h i. Aber jetzt, aber jetzt träume ich. Ich sehe etwas, das es nicht gibt.
F i s c h e r. Diesmal hat Susushi recht.
F i s c h e r. Es ist ein Ding am Himmel, das aus der Hölle stammt.
F i s c h e r. Was ist das bloß für ein Ding?
F i s c h e r. Das Ding ist gar kein Ding. Es ist ein Wesen.
F i s c h e r. Es reicht vom Meer bis zum Himmel.
F i s c h e r. Das Wesen frißt den Mond auf.
S u s u s h i. Betet.
F i s c h e r. Es ist zu spät zum Beten.
S u s u s h i. Dazu ist es nie zu spät.
F i s c h e r. Ich bete nicht mehr so, wie ich sonst gebetet habe.
F i s c h e r. Wie denn?
F i s c h e r. Ich bete das neue Wesen an.
S u s u s h i. Wenn ihr nicht beten wollt, bete ich für euch mit.
F i s c h e r. Was ist das bloß für ein Ding?
S u s u s h i. Das Ding ist kein Ding. Das Ding ist kein Wesen. Das Ding ist das Atom. Ich bete.
F i s c h e r. Ich weiß nicht, was es ist. Ich sehe es nur an.
F i s c h e r. Es ist etwas, das in diesem Augenblick seinen Kopf verliert.
S u s u s h i. Ich bete. Hilf uns, Gott, daß uns das Atom verschont.
F i s c h e r. Es ist enthauptet.
F i s c h e r. Sein Kopf schwebt hinauf.

Fischer. Sein Kopf ist weg.

Fischer. Wo ist er?

Fischer. Im Himmel.

Susushi. Gott, hilf den Sternen, daß sie vom Atom verschont bleiben. Wenn das Atom die Sterne verschlingt, geht die Welt unter. Ich bete. Ich bete.

Fischer. Ich bete das neue Wesen an. Denn ich sehe, daß es in diesem Augenblick einen neuen Kopf bekommt.

Fischer. Der zweite Kopf wächst aus seinem Hals heraus.

Fischer. Kopf, Hals und Leib sehen zusammen wie ein Pilz aus.

Susushi. Gott, hilf uns, daß uns das Atom verschont. Ich bete. Ich bete. Ich bete.

Fischer. Atom. Atom. In Nagasaki sah das Atom ganz anders aus.

Susushi. Gott, hilf uns, daß uns das Atom verschont.

Fischer. Wenn es aber doch das Atom ist.

Fischer. Ich glaube auch, daß es das Atom ist.

Fischer. Wenn es das Atom ist, kann ich es nicht anbeten. Wenn es das Atom ist, verfluche ich es.

Fischer. Es ist das Atom. Es ist das Atom.

Fischer. Ich springe ins Meer. Ich tauche. Wenn ich unter Wasser bin, kann mich das Atom nicht einholen.

Fischer. Springe nicht.

Fischer. Warum nicht?

Fischer. Wer weiß, was mit dem Meer los ist.

Fischer. Was soll mit dem Meer los sein?

Fischer. Vielleicht ist es verseucht. Das Atom kann hüpfen.

Fischer. Sehr weit.

Fischer. Wie ein Riesenkänguruh.

Fischer. Ich springe trotzdem. Ich fürchte mich auf dem Boot. Das Boot ist klein, das Meer ist groß. Vielleicht kann das Atom nicht überall hin.

F i s c h e r. Haltet ihn fest.
F i s c h e r. Laßt mich los.
F i s c h e r. Bleib da. Du kannst überall sterben. Wir sind naß bis auf die Haut. Wenn das Meer verseucht ist, sind wir auch verseucht.
S u s u s h i. Hilf uns, Gott, daß uns das Atom verschont.
F i s c h e r. Hilf uns, Gott.
F i s c h e r. Hilf uns.
F i s c h e r. Jetzt hat das Atom, oder was es ist, den Mond wieder ausgespuckt.
F i s c h e r. Es ist alles halb so schlimm.
S u s u s h i. Es ist so schlimm, wie es nur sein kann. Schlimmer kann es nicht werden.
F i s c h e r. Hilf uns, Gott, hilf uns.
F i s c h e r. Hilf uns, daß wir nichts abbekommen haben.
S u s u s h i. Genug gebetet. Wir müssen nach Hause.
F i s c h e r. Mitten im Fischfang?
F i s c h e r. Die halbe Beute schießen lassen?
S u s u s h i. Wir müssen so schnell wie möglich nach Hause. Wir müssen uns untersuchen lassen.
F i s c h e r. Gott.
F i s c h e r. Wir sind arme Leute.
F i s c h e r. Wir können auf nichts verzichten.
F i s c h e r. Gott.
F i s c h e r. Wir müssen unsere Netze aus dem Meer holen.
S u s u s h i. Laßt sie, wo sie sind.
F i s c h e r. Gott.
F i s c h e r. Ohne mein Netz bin ich kein Fischer mehr.
S u s u s h i. Besser ohne Atom als ohne Netz.
F i s c h e r. Gott.
S u s u s h i. Besser arm als tot. Die Segel gesetzt.
F i s c h e r. Gott.
S u s u s h i. Kurs West.
F i s c h e r. Gott.
F i s c h e r. Gott.
F i s c h e r. Gott.

(Viele leise Schritte.)

Stimmen von Fischern *(i. 2. R.)*. Damals beteten wir.
Heute beten wir wieder.

(Viele leise Schritte.)

Susushi *(i. 1. R.)*. Ich, Susushi, bete auch. Ich bete: Gott, verzeih mir, daß ich die andern Fischer ... Daß ich geflohen bin und nur an mich gedacht habe. Aber vielleicht hast du mich auch nur übriggelassen, Gott, damit ich die andern Menschen warnen kann? Hört ihr, ihr andern Menschen, die Leute meines Dorfes beten?

(Flüstern vieler Stimmen.)

Stimmen von Fischern, Fischerfrauen, Fischerkindern *(i. 2. R.)*.
Wir beten.
Wir wandern.
Wir sind schon viele Stunden unterwegs.
Wie lange schon?
Sieben Stunden.
Ich kann nicht mehr.
Willst du fliehen?
Ich bin ganz fertig.
Keiner darf machen, was er will.
Wir haben ausgemacht, daß wir zusammenbleiben.
Bis wir sterben.
Im Bergwald.
Wie weit ist es noch bis dahin?
Drei Stunden.
Bald sind wir im Sumpf.
Dann dauert es nicht mehr lange, bis wir im Wald sind.
Und wenn sich nun einer im Sumpf verirrt?
Und erstickt, ehe wir im Wald sind?
Das darf nicht sein.
Wir dürfen nicht zufällig sterben.
Wir müssen uns selbst töten.

Was haben wir eigentlich getan, daß wir uns töten müssen?
Warum ist das Atom ausgerechnet in uns gesprungen?
Das muß seinen Grund haben.
Sind wir besonders böse gewesen?
Wir sind genauso böse und gut gewesen wie alle andern Menschen auch.
Warum töten sich nicht die, welche das Atom geworfen haben?
Die tun es doch nicht.
Irgendeiner aber muß es tun.
Sonst gewöhnen sich die andern Menschen an das Atom und meinen, daß es ganz in Ordnung ist, das Atom zu werfen.
Weiter.
Wir wollen uns alle die Hand geben und eine Kette bilden.
Wer kräftig ist, hilft dem Schwachen.
Weiter.

(Viele leise Schritte.)

F i s c h e r *(i. 3. R.).* Weiter.

S u s u s h i. Kurs West.

F i s c h e r. Wie gut, daß wir Ostwind haben.

F i s c h e r. Gut, daß wir überhaupt Wind haben.

F i s c h e r. Wenn wir keinen Wind hätten, kämen wir nie aus dem Atom heraus.

F i s c h e r. Solange es regnet, haben wir Wind.

(Viele leise Schritte.)

S u s u s h i *(i. 1. R.).* Aber bald regnete es, wie es noch nie geregnet hatte. Ich wünsche keinem von euch, die ihr mir zuhört, einen solchen Regen. Auch dem Elendsten unter euch nicht. Glaubt dem armen Susushi, bitte, der sein Grab gräbt, um sich zu vertilgen, damit ihr nicht vertilgt werdet, und der nicht weiß, ob er sein Grab fertig hat, ehe ...

(Viele leise Schritte.)

Fischer *(i. 3. R.).* Es regnet immer noch.
Fischer. Der Regen gefällt mir nicht.
Fischer. Warum nicht?
Fischer. Hast du schon einmal einen Regen gesehen, der nicht naß wie Wasser, sondern naß wie Öl war?
Fischer. Nein, so einen Regen habe ich noch nie gesehen.
Fischer. Warum fragst du das?
Fischer. Faß einmal deinen Kittel an.
Fischer. Die Regentropfen sind wie Öl.

(Viele leise Schritte.)

Susushi *(i. 1. R.).* Der Regen war kein richtiger Regen. Aber das wußten wir damals nicht, als wir nach Japan zurücksegelten. Heute weiß ich es, und ich möchte es Ihnen mitteilen, mein Herr. Der Regen war Regen und kein Regen. Er war Atomregen. Das Atom wurde von den Stürmen über den Wolken tausend Meilen weit geweht. Zu uns. Zu unserm Dorf, kann man sagen. Denn alle Männer unsres Dorfs waren in den Booten. Auch die Greise. Das ist bei uns so. Auch die Greise können anfassen. Sie können zum Beispiel die Fische sortieren. Aber jetzt sortieren sie nicht mehr. Jetzt ist unser Dorf ganz leer. Die Türen unsrer Hütten scheppern. Die Schlösser rosten. Sie fallen von den Türen. Die Türen sind offen. Vielleicht hat eine arme Familie, die eine Hütte gesucht hat, meine Hütte gefunden und ist hineingezogen. Ich rufe ihr zu: geh aus der Hütte hinaus. Geh noch in diesem Augenblick aus meiner Hütte. Die Hütte, die einmal meine Hütte war, ist voll Atom. Ganz bestimmt. Mir macht keiner weis, daß das Atom zu wandern aufhört. Ich habe Brot angefaßt, und das Atom ist ins Brot gekrochen. Ich habe mich ins Bett gelegt, und das Atom hat sich dazugelegt. Ich wasche mein Bettzeug im Bach, das Atom fließt im Bach, zu meinem Nachbarn, der seine Wäsche wäscht, und wenn er sein Hemd anzieht ... Wissen Sie übrigens, mein

Herr, ob Ihr eigenes Haus nicht auch —? Hat es neulich bei Ihnen geregnet, mein Herr? Haben Sie sich den Regen an —? Angesehen?

(Flüstern vieler Stimmen.)

Fischer *(i. 3. R.)*. Die Regentropfen sind nicht nur aus Öl, sie sind auch ganz schwarz.

Fischer. Sie sind wie Asche, die naß geworden ist.

Fischer. Sie sind auch so heiß wie Asche.

(Flüstern vieler Stimmen.)

Susushi *(i. 1. R.)*. Mein Herr, haben Sie schon einmal darüber nachgedacht, woher der Regen über Ihrem Haus kommt? Aus einer Wolke, sagen Sie? Sicher. Aber woher kommt die Wolke? Der Wind hat sie hergeweht? Sicher. Aber woher? Wissen Sie es? Nein. Ich weiß es auch nicht. Kann es aber nicht sein, daß die Wolke oder das, was sie enthält, früher einmal über meiner Hütte gestanden hat? Und dann wehte sie, oder das Zeug in ihr, allmählich zu Ihrem Haus? Und dann wurde aus der Wolke ein Regen? Und das gerade über Ihrem Haus? Und so kam das zu Ihnen herunter, was bei mir in die Luft geschwebt war?

(Flüstern vieler Stimmen.)

Fischer *(i. 3. R.)*. Ich kann nicht mehr rudern.

Fischer. Ich auch nicht.

Fischer. Keiner von uns.

Fischer. Bloß Susushi.

Fischer. Wir haben zu lange gerudert.

Fischer. Der Wind hat uns verlassen.

Fischer. Die Windstille hat sich auf dem Meer niedergelassen.

Fischer. Unser Segel ist ein Vogel, der im Käfig sitzt.

Fischer. Die Windstille ist die Tochter des Atoms.

Fischer. Unsre Rückfahrt dauert doppelt so lange wie sonst.

(Flüstern vieler Stimmen.)

Susushi *(i. 1. R.)*. Verzeihen Sie, mein Herr, daß ich

sage, was ich denke. Aber ein Mann, der mit beiden Füßen im Grabe steht, muß die Wahrheit sagen. Oder er sollte sich zu Tode schämen. Mit beiden Füßen? Ich habe ja schon viel tiefer gekratzt. Ich habe nicht aufgepaßt. Ich sehe auch schlecht. Ich weine. Susushi weint. Männer dürfen nicht weinen. Männer, die weinen, sind keine Männer. Oder sind gerade die Männer, welche weinen, wirklich Männer? Und die andern sind es nicht?

(Flüstern vieler Stimmen.)

Fischer *(i. 3. R.)*. Wie siehst du denn aus?

Fischer. Wie denn?

Fischer. Du hast lauter Bläschen im Gesicht.

Fischer. Meinst du, du siehst anders aus?

(Viele leise Schritte.)

Stimmen von Fischern *(i. 2. R.)*. Wir hatten allmählich keine Gesichter mehr.

Wir hatten nur noch Fratzen statt Gesichter.

Mein Gesicht war eine einzige Blase.

Meins auch.

Ich konnte kaum noch meine Zunge bewegen.

Meine Zunge war so groß wie mein Mund.

(Viele leise Schritte.)

Fischer *(i. 3. R.)*. Susushi.

Susushi. Ja?

Fischer. Du ruderst und ruderst und sagst gar nichts.

Susushi. Was soll ich sagen?

Fischer. Sag etwas.

Fischer. Ja, sag etwas, Susushi.

Fischer. Sag etwas Gutes.

Susushi. Ich kann nur sagen, daß wir uns sehr beeilen müssen, nach Hause zu kommen.

Fischer. Sonst kannst du uns nichts sagen?

Susushi. Der Wind steht gut.

Fischer. Du lügst.

Susushi. Ja, ich lüge.

Fischer. Warum tust du das?

Susushi. Ich will euch Mut machen.
Fischer. Und dir selbst.
Susushi. Mir auch.
Fischer. Wir haben keinen Mut mehr, Susushi.
Fischer. Wir können nicht mehr.
Fischer. Wie weit ist es noch bis nach Hause?
Susushi. Ewig weit.
Fischer. Wie weit, Susushi?
Susushi. Ich weiß es nicht.
Fischer. Schwindle nicht.
Susushi. Eine Woche.
Fischer. Ich habe Durst, gib mir etwas zu trinken.
Susushi. Ich gebe dir nichts mehr. Du hast genug bekommen. Morgen kannst du wieder etwas haben.
Fischer. Gib mir zu trinken. Oder ich schlage dich tot.
Susushi. Je mehr du trinkst, desto weniger können die andern trinken.
Fischer. Ich schlage dich tot.
Susushi. Schlag mich tot. Ich gebe dir nichts.
Fischer. Ich habe Hunger. Los, Susushi, gib mir etwas zu essen.
Susushi. Nein.
Fischer. Dann töte mich.
Fischer. Töte ihn nicht. Ich töte mich.
Fischer. Du bist verrückt.
Fischer. Alles an mir ist kaputt. Nur denken kann ich noch. Ich denke, einer weniger ist einer mehr.
Fischer. Er ist gesprungen.
Fischer. Er sinkt.
Fischer. Er ist nicht mehr zu sehen.
Fischer. Er hat es gut.
Fischer. Wir haben es gut. Wir haben es besser, seitdem er abgesackt ist.
Susushi. Noch ein Wort, und ich ertränke dich.
Fischer. Gib her. Gib mir meinen Anteil von dem Fraß, den er nicht mehr schlucken kann.

Susushi. Ich warne dich.
Fischer. Gib her, oder ich nehme es mir. Los.
Susushi. Ich gebe dir nichts, und du nimmst dir nichts.
Fischer. Ach so, du willst alles für dich allein haben.
Fischer. Er sinkt.
Fischer. Er ist unsichtbar.
Susushi. Ich habe ihn aus dem Boot gestoßen. Ich habe gewußt, daß er nicht schwimmen kann. Ich muß ihn retten.
Fischer. Bleib hier.
Susushi. Ich habe ihn auf dem Gewissen.
Fischer. Verlaß uns nicht.
Fischer. Wir brauchen dich.
Susushi. Wozu?
Fischer. Du mußt uns nach Hause rudern.

(Viele leise Schritte.)

Susushi *(i. 1. R.)*. Ich habe sie nach Japan gerudert. Aber heute habe ich sie alleingelassen. Ich habe etwas Gutes getan, und ich habe etwas Böses getan. Das Gute hebt das Böse nicht auf. Aber das Böse hebt das Gute auf. Ich hocke mich in mein Grab.

(Viele leise Schritte.)

Fischer *(i. 3. R.)*. Ach, Susushi, ich sehe fast nichts mehr.
Fischer. Ich muß immer husten.
Fischer. Ich habe solche Schmerzen.
Fischer. Wo?
Fischer. Überall.

(Viele leise Schritte.)

Stimmen von Fischern, Fischerfrauen *(i. 2. R.)*. Bald sind wir durch den Sumpf.
Ich habe keinen Boden mehr unter den Füßen.
Du hast Angst, das ist alles.
Der Älteste führt uns.
Er kennt den Weg.
Ich sinke.
Nimm dich zusammen.

Der Boden ist fest.
Du bist nur müde.
Woher kennt der Älteste den Weg so gut?
Er hat die Sumpfenten gejagt.
Wenn der Fischfang schlecht war.

(Viele leise Schritte.)

Fischer *(i. 3. R.)*. Wer weiß, was aus uns geworden ist, wenn wir zu Hause sind.

Fischer. Falls wir überhaupt nach Hause kommen.

Fischer. Wir kommen nach Hause.

Fischer. Aber wie.

Fischer. Ich habe Schmerzen, wie wenn ich eine Frau wäre und Wehen hätte.

Fischer. Ich bin voll Grind.

Fischer. Ich zittere wie Espenlaub.

Fischer. Damals, vor neun Jahren, sind Leute, die unverletzt waren, mit einem Mal krank geworden, und dann sind sie wie die Fliegen gestorben.

Fischer. Wir aber sind verwundet.

Fischer. Sehr.

Fischer. Vielleicht können wir nicht mehr gehen, wenn wir gelandet sind.

Fischer. Vielleicht müssen wir kriechen, wie damals die Leute in Nagasaki, und sehen wie Eidechsen aus.

Fischer. Wie Eidechsen, die noch nie jemand gesehen hat.

Fischer. Wir sind ganz verbrüht.

Fischer. Wir sind nur noch Geister.

Fischer. Vogelscheuchen.

Fischer. Vogeldreck.

Fischer. Das Atom hat uns den Garaus gemacht.

(Viele leise Schritte.)

Stimmen von Fischern *(i. 2. R.)*.
Unsre Boote kamen zurück.
Wir ruderten nicht mehr.
Ruderten die Boote selbst?

Wir wissen es nicht.
Wir landeten.
Im Fischereihafen.
Wie immer.
Keiner sah uns.
Gott sei Dank.
Wir hatten Durchfall.
Wir husteten Blut.
Wir kamen kaum aus den Booten.
Ein paar blieben ganz einfach in den Booten liegen.
Keiner kümmerte sich um die Fische, die wir gefangen hatten.
Wir waren keine Fischer mehr.

(Viele leise Schritte.)

Susushi *(i. 3. R.).* Ich bin nicht so wiedergekommen, wie ich weggefahren bin.

Susushis Frau. Liebst du mich nicht mehr?

Susushi. Schäme dich, daß du daran zweifelst. Aber ich fürchte, daß du mich nicht mehr liebst, wenn du mich siehst.

Susushis Frau. Ich kann dich nicht sehen. Es ist Nacht.

Susushi. Ich werde eine Kerze anstecken.

Susushis Frau. Wie siehst du aus?

Susushi. Wie ein Mann, der den grünen Drachen getroffen hat.

Susushis Frau. Was ist das?

Susushi. Vor neun Jahren kam der grüne Drache schon einmal. Damals kam er auch zu dir. Aber du kannst dich nicht mehr daran erinnern. Du warst noch zu klein.

Susushis Frau. Du meinst das Atom.

Susushi. Als deine Mutter noch lebte, erzählte sie immer von der Matte, auf der du lagst, als der grüne Drache zum erstenmal kam. Er blies einen großen Wind vor sich her, der dich mit der Matte hochhob und wegtrug. Weit, sehr weit. Als du wieder auf der Erde lagst, war die Matte so eng um dich gewickelt, als ob sie dein Kleidchen wäre.

S u s u s h i s F r a u. Das Atom ist in dich hineingefahren.

S u s u s h i. Ich kann mir die Haut abziehen. Wie bei einem Pfirsich. Aber mein Fleisch ist nichts mehr wert.

S u s u s h i s F r a u. Deine Haut ist ganz schwarz.

S u s u s h i. Ich habe auch keine Haare mehr.

S u s u s h i s F r a u. Aber es ist doch kein Krieg.

S u s u s h i. Sie haben Versuche gemacht.

S u s u s h i s F r a u. Wachsen deine Haare wieder?

S u s u s h i. Ich weiß es nicht.

S u s u s h i s F r a u. Wird deine Haut wieder richtig?

S u s u s h i. Weiß nicht.

S u s u s h i s F r a u. Steckst du an?

S u s u s h i. Kann sein.

S u s u s h i s F r a u. Und da kommst du in die Hütte?

S u s u s h i. Hast du mir nicht geschworen, daß du mich bei meiner Rückkehr genauso liebhaben würdest wie bei meiner Abfahrt?

S u s u s h i s F r a u. Dich ja. Aber nicht einen andern.

S u s u s h i. Warum bläst du die Kerze aus?

S u s u s h i s F r a u. Es war der Wind.

S u s u s h i. Warum bist du aufgestanden?

S u s u s h i s F r a u. Ich weine. Ich hole mir ein Taschentuch.

S u s u s h i. Wo bist du?

S u s u s h i s F r a u. Hier.

S u s u s h i. Warum sprichst du so leise?

S u s u s h i s F r a u. Ich weine.

S u s u s h i. Es wird kalt. Warum hast du die Tür aufgemacht?

S u s u s h i s F r a u. Es war so heiß.

S u s u s h i. Warum verläßt du mich?

S u s u s h i s F r a u. Weil ich mich vor dir fürchte. Weil ich an die Matte denke, die sich vor neun Jahren um mich herumgewickelt hatte, als ob sie mein Kleidchen wäre. Damals bin ich nicht erstickt. Vielleicht ersticke ich jetzt, wenn du mich umarmen willst. Vielleicht bist du die Matte von damals. Ich habe Angst vor dir.

Susushi. Du ekelst dich vor mir.

Susushis Frau. Ich will mit einem Mann zusammensein, nicht mit einem Schatten. Der grüne Drache hat dich umarmt. Er macht Schatten aus den Menschen. Du bist auch ein Schatten. Oder wenn du jetzt noch keiner bist, bist du morgen einer. Schatten kann man nicht anfassen. Schatten können nicht lieben. Schatten kann man nicht lieben.

(Viele leise Schritte.)

Susushi *(i. 1. R.)*. Wo sollte ich jetzt hin? Ich hatte keine Eltern mehr. Die Frau, die nicht mehr meine Frau war, und ich hatten keine Kinder. Ich ging zum Fischereihafen zurück. Ich legte mich in unser Boot, zu den andern, die nicht an Land gegangen waren. Wir schliefen wie die Toten. Am nächsten Morgen ...

(Viele leise Schritte.)

Stimmen von Fischern *(i. 2. R.)*.

Am andern Tag ging es uns etwas besser.
Wir froren nicht mehr so sehr.
Unser Fieber ging zurück.
Unsre Augen waren kaum noch entzündet.
Wir glaubten, wir wären über den Berg.
Die einen von uns trauten sich nach Hause.
Das waren die, die Frauen und Kinder hatten.
Die andern gingen auf den Fischmarkt.
Sie verkauften den Thunfisch, den wir gefangen hatten.
Als der grüne Drache zu uns kam.
Wir dachten uns nichts dabei.
Wir mußten den Thunfisch verkaufen.
Sonst wurde er schlecht.
Wir lebten davon.
Wir verkauften zwei Tage lang.

(Flüstern vieler Stimmen.)

Fischer *(i. 3. R.)*. Fische zu verkaufen.

Fischer. Unsre Fische sind frisch.

Fischer. Unsre Fische sind billig.

Susushi. Fische zu verkaufen, Fische zu verkaufen.

Käufer. He, Fischer.

Susushi. Fische zu verkaufen, Fische zu verkaufen, Fische zu verkaufen.

Käufer. Fischer, ich rede mit dir.

Susushi. Was willst du?

Käufer. Ich will dich etwas fragen.

Susushi. Frage.

Käufer. Was war das für ein Fisch, den du mir gestern verkauft hast?

Susushi. War er nicht gut?

Käufer. Er war schlecht. Ja, er war sogar böse.

Susushi. Was hat er dir getan?

Käufer. Ich habe ihn nicht bei mir behalten.

Susushi. Das kann nicht sein.

Käufer. Er war so böse, daß ich ihn noch immer nicht bei mir behalten kann. Ihn? Ach, wenn es das nur wäre. Ich kann überhaupt nichts mehr bei mir behalten.

Susushi. Das ist furchtbar.

Käufer. Ich habe bald keine Galle mehr. Ich habe in meinem Leben schon manchen verdorbenen Fisch gegessen. Der Fisch, den du mir verkauft hast, Fischer, ist auch verdorben gewesen. Aber er war so verdorben, als ob ihn der Teufel vergiftet hätte.

Susushi. Der Teufel hat ihn vergiftet.

Käufer. Und da hast du ihn mir verkauft?

Susushi. Ich habe nicht nachgedacht.

Käufer. Du hast mich vergiftet.

Susushi. Ich habe nur an meinen Verdienst gedacht.

Käufer. Du hast nicht nur mich vergiftet. Du hast auch mein Kind vergiftet. Es ist fünf Jahre alt. Als ich von zu Hause wegging, lebte es noch. Jetzt ist es sicher schon tot.

S u s u s h i. Ich habe dich vergiftet. Ich habe dein Kind vergiftet. Ich habe dein Kind getötet. Ich habe alle Leute vergiftet, denen ich von meinem Thunfisch verkauft habe. Leute, eßt die Fische nicht, die ihr gekauft habt. Leute, kauft die Fische nicht, die auf diesem Fischmarkt verkauft werden.

F i s c h e r. Bist du verrückt geworden?

F i s c h e r. Uns so das Geschäft zu verderben?

F i s c h e r. Besser das Geschäft verdorben als die Eingeweide verdorben.

K ä u f e r. Wenn du mein Kind getötet hast, will ich wenigstens wissen, woran es gestorben ist. Was war mit dem Fisch? Ich glaube an keinen Teufel. Es gibt keinen Teufel.

S u s u s h i. Leute, faßt die Fische nicht an, die in unsern Körben liegen. Leute, faßt die Körbe nicht an.

K ä u f e r. Du antwortest nicht. Ich erwürge dich, wenn du mir nicht antwortest.

S u s u s h i. Faß mich nicht an. Sonst stirbst du.

K ä u f e r. Ich sterbe auch so.

S u s u s h i. Wenn du mich anfaßt, stirbst du doppelt.

B e a m t e r. Faß ihn nicht an.

K ä u f e r. Wer bist denn du, daß du mich hindern willst, den Mörder meines Kindes zu töten?

B e a m t e r. Ich bin der Vorsitzende einer Untersuchungskommission.

(Viele leise Schritte.)

S t i m m e n v o n F i s c h e r n *(i. 2. R.)*.
Die Kommission sperrte den Markt ab.
Sie verhörte uns, die Fischer.
Sie fragte die Marktbesucher aus, ob sie Fische gekauft hätten oder nicht.
Sie trennte die Käufer von den Nichtkäufern.
Die Kommission hatte Apparate bei sich.
Wir hatten noch nie solche Apparate gesehen.
Die Kommission untersuchte uns mit ihren Apparaten.

Sie untersuchte die Käufer damit.
Sie untersuchte die Fische, die noch in den Körben lagen.
Sie untersuchte unsre Körbe.
Sie stellte fest, daß alles verseucht war.
Sie sagte, daß alles radioaktiv sei.

(Viele leise Schritte.)

Susushi *(i. 1. R.).* Ich war auch radioaktiv. Ich, der ich mich jetzt in mein Grab hineinlege. Ich fange an, die Erde, die ich ausgehoben habe, auf mich zu werfen.

(Viele leise Schritte.)

Stimmen von Fischern *(i. 2. R.).*
Die Kommission beschlagnahmte unsre Körbe.
Sie stellte die Fische sicher.
Sie nahm die Käufer der Fische fest.
Sie ließ die Nichtkäufer frei.
Sie lieferte die Käufer der Fische in Isolierbaracken ein.
Uns auch.

(Viele leise Schritte.)

Susushi *(i. 1. R.).* Mich auch. Mich, der ich jetzt schon beinahe ganz mit Erde bedeckt bin.

(Viele leise Schritte.)

Stimmen von Fischern *(i. 2. R.).*
Wir wurden beobachtet.
Monatelang.
Allmählich ging es uns etwas besser.
Die Besserung nahm zu.
Wir wurden fast wieder gesund.
Wir wurden entlassen.
Wir kehrten in unser Dorf zurück.
Wir hatten einen langen Marsch.

(Viele leise Schritte.)

Stimmen von Fischern, Fischerfrauen *(i. 2. R.).*
Unser Marsch zum Bergwald ist lang.
Halt.

Halt.
Halt.
Wir sind da.
Wir gehen in den Wald hinein.

(Flüstern vieler Stimmen.)

S u s u s h i *(i. 1. R.).* Als wir wieder in unserm Dorf waren, merkten wir, daß wir immer noch krank waren. Tagsüber arbeiteten wir. Wir überholten unsre Boote und besserten unsre Netze aus. Wir flickten unsre Segel und ... Ich kann nur noch flüstern. Aber nachts konnten wir nicht schlafen. Wir gingen vor unsre ... Die Kehle ist mir ganz zugeschnürt. Wir gingen vor unsre Hütten. Wir flüsterten. Wir flüsterten viele Nächte lang.

(Flüstern vieler Stimmen.)

S t i m m e n v o n F i s c h e r n *(i. 2. R.).*
Mit uns ist es aus.
Das Atom hat uns blind gemacht.
Das Atom hat uns taub gemacht.
Aber stumm gemacht hat es uns nicht.
Wir unterhalten uns über die armen Fischer eines armen Dorfs.
Wir unterhalten uns über die ärmsten Fischer der Erde.
Pst, nicht so laut.
Ich flüstere ja.
Er könnte auch schreien. Es würde ihn doch niemand hören.
Keiner kommt zu uns.
Alle schlagen einen Bogen um unser Dorf.
Sie fürchten sich vor uns.
Sie halten uns für aussätzig.
Sind wir es nicht?
Wir sind es.
Die Kommission traut uns nicht.
Wir müssen uns melden.
Jede Woche.

Wir werden untersucht.
Die Ärzte finden nichts.
Aber wir wissen es besser.
Der Wurm ist in uns drin.
Unser Wurm ist ein Bandwurm.
Die Ärzte haben den Kopf nicht gefunden.
Wir sterben, indem wir leben.
Ich möchte nicht sterben.
Du wirst nicht gefragt.
Alles wird so wie damals sein.

Stimmen von Fischerfrauen *(i. 2. R.).*
Wir Frauen.
Wir wandern mit.
Wir fürchten uns nicht vor dem Feuer.
Wenn unsre Männer brennen, brennen wir auch.
Wer zusammen gelebt hat, stirbt auch zusammen.
Damals fragte mich mein Kind: Mutter, wo kommt das rote Meer her? Mutter, wieso ist das rote Meer am Himmel? Mutter, was ist jetzt dort, wo sonst das Meer ist? Mutter, wieso ist das Meer rot? Ein paar Tage später konnte ich mein Kind begraben.
Ich konnte mein Kind nicht begraben.
Warum nicht?
Es war nicht mehr da.
Wo war es hin?
Frag nicht so albern. Weg war es. Luft war es. Danach fing ich an, andern Frauen ihre kleinen Kinder aus den Wiegen zu stehlen.
Ich weiß, ich weiß.
Ich wollte das wiederhaben, was ich verloren hatte. Ich glaubte, daß ich ungerecht behandelt worden wäre.
Wir alle sind ungerecht behandelt worden.
Heute stiehlst du keine kleinen Kinder mehr.
Aber nicht, weil ich besser geworden bin. Ich bin nur älter geworden. Ich bin auch älter, als ich an Jahren bin. Das Atom hat mich so alt gemacht. Als es auf die

Erde stürzte, war ich gerade schwanger. Ich hatte eine Fehlgeburt. Mein armes Kind.
Dein armes Kind.
Mein armes Kindchen. Es sah wie ein Äffchen aus. Ich hatte schon einen Namen dafür. Einen schönen Namen.
Wie sollte es heißen?
Das sage ich dir nicht. Das sage ich niemandem. Sein Name ist mein Geheimnis. Auch mein Mann hat nie erfahren, wie mein Kind heißen sollte.
Dein armes Kindchen.
Meine Schwester hatte gerade ein Kind geboren. Als sie ihm die Brust geben wollte, stieß das Kind mit der Zunge die Warze aus seinem Mund, obwohl es hungrig wie ein Wolf war. Es fürchtete sich vor der Milch.
Vor der Wolfsmilch.
Sie war bestimmt vergiftet. Meine Schwester starb bald darauf.
Ihr Kind starb auch.
Vielleicht war es gut so.
Wer weiß, was aus ihm geworden wäre.
Ein Wolf.
Oder ein Drache.
Ein grüner Drache.
Wer weiß, was wir im Bauch haben.
Es wird gesagt, daß die Kinder, die wir im Bauch haben, keine richtigen Kinder sind, wenn sie aus uns herauskommen.
Sie sollen Wolfsrachen haben.
Keine Augen.
Kein Hirn.
Was sollen wir noch auf der Welt?
Wir dürfen nicht mehr leben.
Denn unsre Kinder sollen Menschen mit Mündern und ohne Wolfsrachen sein, oder sie sollen überhaupt nichts sein.
Ja, es war wie am Jüngsten Tag.

Es wird wieder wie am Jüngsten Tag sein.
Drachen schwirrten über uns.
Sie werden über uns schwirren.
Sogar die Toten waren verseucht.
Sie werden verseucht sein.
Der Phosphor in ihren Knochen strahlte den Tod aus.
Die Phosphorknochen werden den Tod ausstrahlen.
Es gab mehr Tote als Lebendige.
Es wird mehr Tote als Lebendige geben.
Es waren so viele Tote da, daß das Holz für die Särge nicht ausreichte.
Das Holz wird für die Särge nicht reichen.
In der Eile konnten nicht genug Bäume gefällt werden, aus denen man die Särge hätte schneiden können.
Es waren gar keine Bäume da.
Es werden keine Bäume da sein.
Die Wälder waren verkohlt.
Die Wälder werden verkohlt sein.
Alles war verkohlt.
Die Häuser waren verkohlt.
Sie werden verkohlt sein.
Die Leute flohen in die Flüsse, weil sie es in den glühenden Gassen nicht aushielten.
Sie werden in die Flüsse fliehen.
Aber auch die Flüsse glühten.
Das Atom war auch in die Flüsse gesprungen.
Es wird in die Flüsse springen.
Das Atom war auch in die Ernten gesprungen.
Im ersten Jahr waren die Ernten verdorrt. Im zweiten Jahr wucherten sie. Erst im dritten Jahr waren sie wieder in Ordnung.
Das Atom wird in die Ernten springen.
Unsre Kürbisfelder werden faulen.
Unsre Rinder werden tausend Meilen weit weglaufen.
Man müßte Gott fragen, ob er mit dem einverstanden ist, was die Menschen aus den Menschen machen.

Ja, wir wollen ihn fragen.
Sofort.
Frag ihn nicht.
Warum nicht?
Bringe ihn nicht in Verlegenheit.
Gott ist nicht verlegen.
Er wird um eine Antwort verlegen sein.
Du lästerst Gott.
Lästert er sich nicht selbst?
Wir wollen ihn nicht lästern.
Wir wollen ihn fragen.
Wir wollen ihn folgendes fragen: Was sagst du dazu, daß deine Kinder nackt in den Straßen herumlaufen, weil ihnen das Atom die Kleider auf dem Leib versengt hat?
Was sagst du dazu, daß deine Kinder in den Bethäusern stehen, wie aus Stein, und atmen nicht mehr? Aber sie verbeugen sich vor dir, denn sie haben gerade gebetet, als ihnen das Atom den Atem abschnitt.
Ja, das wollen wir ihn fragen.
Und wie können wir ihn am besten fragen?
Am schnellsten?
Am zuverlässigsten?
Indem wir zu ihm hingehen.
Indem wir in den Bergwald ziehen und die Bäume anstecken und uns alle mitten darin.
Dann werden wir erfahren, warum das Meer der Fischer und Schiffer ein Meer des Unrats und des Elends geworden ist.
Warum der Thunfisch schön und fett ist.
Aber gleichzeitig ist er der Mörder dessen, der ihn fängt und verkauft und ißt.
Warum ...
Warum ...
Warum ...

(Viele leise Schritte.)

Stimmen von Fischern, Fischerfrauen, Fischerkindern *(i. 2. R.).*
Der Älteste ist im Bergwald verschwunden.
Wir werden unsre Fußsohlen ins Feuer halten und erfahren, ob es richtig ist, was wir tun.
Die ersten von uns sind im Wald verschwunden.
Wir werden uns ins Feuer knien und erfahren, ob wir feige waren, weil wir nicht mehr aushielten, was mit uns geschehen war.
Jetzt sind wir alle im Wald.
Wir werden im Feuer liegen und erfahren, ob wir gute Menschen waren, weil wir die andern, die gesund geblieben sind, von uns befreiten.
Auch Susushi, der letzte, ist im Wald.
Wir werden im Feuer dörren und erfahren, ob wir gut waren, weil wir versuchten, ein Beispiel zu sein.
Der Älteste verläßt die Spitze des Zugs.
Er geht zur Mitte.
Er sucht einen Reisighaufen.
Er findet einen.
Er steckt ihn an.
Der Reisighaufen knistert.
Er brennt.
Der ganze Wald brennt.
Die Tiere fliehen aus dem Wald.
Die Hasen.
Die Igel.
Die Schlangen.
Aber wir bleiben im Wald.
Das Feuer versengt uns.
Fürchtet euch nicht.
Das Feuer faßt uns an.
Feuer, sei nicht so heiß.
Sei schnell, Feuer.
Erschrick mich, Feuer, damit ich in Ohnmacht falle und nicht merke, wie du mich auffrißt.

(Flüstern vieler Stimmen.)

S u s u s h i *(i. 1. R.).* Schließlich schweigen sie. Ich aber rede noch. Nicht mehr lange. Gleich höre ich auf. Ich verabschiede mich. Von jedermann. Ich habe alles gesagt, was ich sagen wollte. Ich bin froh darüber. Seid wachsam, ihr!

AUTOBIOGRAPHISCHES NACHWORT

Ein Leben ist wie eine Schnur. Knoten sind hineingeschlungen, und die einen sieht man, und die andern sind unsichtbar. Aber keiner weiß, ob diese oder jene wichtiger sind, das heißt Veränderungen erster Ordnung: so, und von diesem Augenblick an beginne ich, um die Ecke zu gehen, oder mitten durch die Wand hindurch, oder stumm und blind und taub und lahm, oder ich fange an zu schweben, statt zu gehen. Ich glaube, daß so und nicht anders mit uns allen verfahren wird, so geheimnisvoll und schrecklich, so von oben herunter, und also habe ich auch schon längst von mir selbst geredet. Auch ich bin so ein Knotenmann, wie jedermann, doch bin ich obendrein ein Schriftsteller, und das bedeutet, daß ich das Gras wachsen höre, falls ich es nur immer wieder versuche. Ich habe es versucht, aber auch oft genug, aufmerksam genug, redlich genug, tapfer genug? Sicher nicht genug, denn nie und nimmer ist etwas genug, immer kokelt ein Rest, glimmt ein Irrtum, und plötzlich glimmt es nicht mehr, sondern legt alles in Asche. Abermals spreche ich auch von mir, und wenn das denn auf diesem Stück Papier so sein soll, will ich es wenigstens einigermaßen richtig machen, also den Knoten beachtend, das Knötchen vernachlässigend.

Was in der Serie war, das hebe ich einmal auf und lasse es wieder fallen: die Geburt, am 15. Oktober 1907, zufällig in Königsberg, das doch eigentlich schon Frankfurt am Main war; das krähwinklige, weltstädtische Frankfurt; den Landmesserberuf des Vaters, des guten Manns, der seit sieben Jahren ein hölzernes Hemd anhat; Gymnasium und Abitur, Schauspielschule und Universität; die Freunde, die Mädchen; die Ehen, drei an der

Zahl, und die Zahl drei ist die gute Zahl, und die dünne Margot ist die gute Margot; den ersten Satz, der nichts war und doch alles war; die Verwüstung Deutschlands durch die Barbaren, die Flucht vor den Barbaren nach Berlin; das erste Buch, bei Rowohlt, dem Seeräuberkapitän; das erste Gedicht, naiv und bald vergessen; die Anmaßung des Militärs, aus dem Menschen einen Mann zu machen; die Gefangenschaft, die Freiheit, die Blockade; das Idyll in Worpswede, den Tumult in Hamburg, die Multiplikation des Idylls mit dem Tumult in Gauting; das erste Hörspiel, worin bereits, wie in den folgenden, ein „Dialog mit dem Unsichtbaren“ stattfindet (so heißt auch mein Hörspielband); das erste Buch bei Otto Walter, diesem späherhaften jungen Mann; die Kinder, die beiden Töchter und den Zwerg namens Tobias; die Selbständigkeiten und Adaptionen im Schreiben, die Fehler und Einsichten, die Rückfälle, Stillstände und Sprünge nach vorn.

Aber als ich sechzehn Jahre alt war, fragte ich eines Tags, wer weiß, wovon gestachelt, vielleicht von der Unruhe des Jünglings, der kein Kind mehr und noch kein Mann war, vielleicht vom Anderssein als meine Eltern, die wie in einem Gehege lebten, vielleicht vom unerhörten Wesen des Angeredeten — fragte ich also meinen deutschen Lehrer —, ja, was fragte ich ihn denn eigentlich, den außerordentlichen Mann — fragte ihn irgend etwas, das mit einem Warum begann. Ich habe es vergessen, und es mag auch gleich sein. Doch nicht vergessen, ganz und gar nicht verjagt, habe ich die Antwort Reinhold Zickels: warum; ja, fragen Sie, warum; fragen Sie Ihr Warum, obwohl es auch das Warum vieler andrer junger Leute ist; fragen Sie ihr Warum und Ihr Warum, es ist ein und dasselbe; fragen Sie es aber nicht nur ein einziges Mal, sondern fragen Sie es hundertundeinmal, hören Sie niemals und nirgendwo damit auf; ja, aber jetzt möchten Sie wohl meine Antwort auf Ihre Frage erfahren; es tut mir leid, und es tut mir nicht leid, daß ich schweigen muß; oh, ich könnte Ihnen wohl etwas erwidern, ein Fragment, ein Hastduwaskannstdu, ein Irgendein, doch ich tue es nicht; ich verzichte darauf; ich denke, es wäre besser, Sie holten sich die Antwort, oder sogar die Antworten, aus den Texten der Dichter; fragen Sie mich nicht, welcher Dichter, es ist Ihre Sache, das zu entdecken, was ausgerechnet auf Sie wartet; glauben Sie mir, es wird eine hohe Summe sein, eine Summe, der Sie, ein Leser, womöglich etwas hinzufügen können, denn was wäre ein Dichter ohne seinen Leser? Und so hockte ich mich in die Frankfurter Rothschildsche Bibliothek und las Stramm und Ehrenstein, Heym und van Hoddis, Trakl und Werfel, und las und las, und habe bis zu dieser Sekunde nicht damit aufgehört.

Dies war das eine, und das andre war dies: 1945, im Herbst, als ich aus der russischen Gefangenschaft nach Berlin zurückwanderte; einer von zweitausend, durch einen Teil Polens, über Küstrin, bis nach Wilmersdorf, eben zur dünnen Margot hin, von der ich nicht wußte, ob sie noch lächelte oder vertilgt war; dort und damals, oder auch etwas früher oder später, ich weiß es nicht genau; alles war, zum Glück, aus den Fugen, und wie denn ich grade nicht — 1945, spät, äußerst spät, aber, falls es nur immer möglich wäre, nicht zu spät, fing ich zu denken an, nachdem ich jahrelang, bald gleichgültig, bald gleichgültig tuend, bald feig oder aufbegehrend, ja, einmal sogar böse versagend, nicht und nichts gedacht hatte. Wer A denkt, muß B denken: kann sein, daß ich in jener Bibliothek mein A gedacht hatte, und dann verstummte dieses mein A, verstummte und sank hinab; aber während es tief unten war, dort, wo jeder einmal sein muß, anders er nicht ins Freie gelangen kann, vermehrte es sich, festigte sich, wurde Wort und Satz, noch immer in der Tiefe befindlich; und erst die äußersten Begebenheiten des Jahrs 1945 schleuderten es nach oben, und hinaus, und verwandelten jenes A in den neuen Gedanken B. Siebzehn Jahre lang versuchte ich, durch meine Texte dieses B zu verwirklichen. Doch erst im Hörspiel „Totentanz“, das 1961 zum erstenmal gesendet wurde, fiel mir – so scheint es mir wenigstens, und ich sage es, auf die Gefahr hin, mein Licht auf den Scheffel zu stellen – eine recht genaue Formulierung des B-Gedankens ein, am Schluß des Stücks, wenn der Tod den Schriftsteller W. fragt: „Was willst du schreiben?“, und wenn der Schriftsteller antwortet: „Von Menschen, die fragen, statt zu antworten, die denken, statt zu vertilgen.“ Ist dieser Dialogteil mein C, das A und B zum ABC ergänzt? Ich frage, ich antworte nicht. Die Leser, die Partner der Autoren, mögen, wenn sie Lust haben, sich damit befassen. Doch scheint es mir, poetologisch, nicht ganz falsch zu sein, wenn man den Poeten ihre Alphabete zuspricht, jedem das Seine, versteht sich. Dann wären diese Alphabete entweder die Netze, in denen sich die Übeltäter fangen, oder die Gehäuse, welche den Friedfertigen weit offen stehen.

Wolfgang Weyrauch

INHALT

Hörspiele

IN RECLAMS UNIVERSAL-BIBLIOTHEK

Leopold Ahlsen, *Philemon und Baukis.* 8591

Ingeborg Bachmann, *Der gute Gott von Manhattan.* 7906

Samuel Beckett, *Embers / Aschenglut.* Englisch und deutsch. 7904

Manfred Bieler, *Vater und Lehrer.* 8361

Heinrich Böll, *Bilanz. Klopfzeichen.* 8846

Günter Eich, *Festianus, Märtyrer.* 8733

Max Frisch, *Rip van Winkle.* 8306

Wolfgang Hildesheimer, *Begegnung im Balkanexpreß. An den Ufern der Plotinitza.* 8529

Peter Hirche, *Die Heimkehr. Die seltsamste Liebesgeschichte der Welt.* 8782

Fred von Hoerschelmann, *Das Schiff Esperanza.* 8762

Ernst Johannsen, *Brigadevermittlung.* 8778

Marie Luise Kaschnitz, *Caterina Cornaro. Die Reise des Herrn Admet.* 8731

Werner Klose, *Reifeprüfung.* 8442

Otto-Heinrich Kühner, *Pastorale 67.* 8541

Siegfried Lenz, *Das schönste Fest der Welt. Haussuchung.* 8585

Christa Reinig, *Das Aquarium.* 8305

Jan Rys, *Grenzgänger.* 8337

Hans Rothe, *Ankunft bei Nacht. Die Vitrine.* 8324

Ernst Schnabel, *Ein Tag wie morgen. 29. Januar 1947 – 1. Februar 1950.* 8383/84

Dieter Wellershoff, *Die Bittgänger. Die Schatten.* 8572

Wolfgang Weyrauch, *Das grüne Zelt. Die japanischen Fischer.* 8256

Erwin Wickert, *Der Klassenaufsatz. Alkestis.* 8443

PHILIPP RECLAM JUN. STUTTGART